KB076433

나는 김지하다

1판 1쇄 인쇄 | 2024년 08월 22일
1판 1쇄 발행 | 2024년 08월 29일

지 은 이 | 이경철
펴 낸 이 | 천봉재
펴 낸 곳 | 일송북

주 소 | 서울시 성북구 성북로 4길 27-19
전 화 | 02-2299-1290~1
팩 스 | 02-2299-1292
이 메 일 | minato3@hanmail.net
홈페이지 | www.ilsongbook.com
등 록 | 1998.8.13(제 303-30300002510020060000 49호)

ISBN 978-89-5732-341-0(03800)
값 14,800원

현대

타는 목마름으로 연 민주화와 흰 그늘의 길

나는 김지하다

이경철 지음

알음북

나는 김지하다

더 나은 세상을 위해 진흙창 속에 핀 연꽃, 십자가가 되려 했다

"나는 개벽을 향한, 부활을 향한 민중의 고통에 찬 전진 속에서, 내게 주어진 진흙창 삶 속에 피우는 연꽃이 되려 꿈꿨다. 내게 주어진 십자가를 지고 민중과 함께 있기를 소망했다. 민중의 한 사람인 내가 꿈꾼 이런 소망이 어느 시대, 어느 세상에서든 좀 더 나은 세계로 건너가는 징검다리 돌 하나가 됐으면 좋겠다."

- 김지하가 독자에게 -

서문

한국을 만든 인물 500인을 선정하면서

일송북은 한국을 만든 인물 5백 명에 관한 책들(5백 권)의 출간을 기획하여 차례대로 펴내고 있습니다. 이는 긍정적이든 부정적이든 우리 역사에 뚜렷한 족적을 남긴 인물들의 시대와 사회를 살아가는 삶을 들여다보고 반성하며, 지금 우리 시대와 각자의 삶을 더욱 바람직하게 이끌기 위해서입니다. 아울러 한국인의 정체성은 무엇인가를 폭넓고 심도 있게 탐구하는, 출판 사상 최고·최대의 한국 대표 인물 콘텐츠의 보고(寶庫)가 될 것입니다.

한국 인물 500인의 제목은 「나는 누구다」로 통일했습니다. '누구'에는 한 인물의 이름이 들어갑니다. 한 인물의 삶과 시대의 정수를 독자 여러분께 인상적·효율적으로 전할 것입니다. 무엇보다 지금 왜 이 인물을 읽어야 하는가에 충분히 답해 나갈 것입니다.

이번 한국 인물 500인 선정을 위해 일송북에서는 역사, 사회, 문화, 정치, 경제, 국방, 언론, 출판 등 각 분야의 전문가들로 선정위원회를 구성했습니다. 선정위원회에서는 단군시대 너머의 신화와 전설쯤으로 전해오는 아득한 상고대부터, 아직도 우리 기억에 생생한 20세기 최근세까지의 인물들과 그 시대들에 정통한 필자를 선정하고 있습니다.

우리는 지금 최첨단 문명시대를 살고 있습니다. 인터넷으로 실시간 글로벌시대를 살고 있으며 인공지능 AI의 급속한 발달로 인간의 정체성마저 흔들리고 있음을 절감하고 있습니다.

이러한 때일수록 인간의, 한국인의 정체성이 더욱 절실히 요구되고 있습니다. 그 정체성은 개인과 나라의 편협한 개인주의나 국수주의는 물론 아닐 것입니다. 보수와 진보 성향을 아우르는 한국 인물 500인은 해당 인물의 육성으로 인간 개인의 생생한 정체성은 물론 세계와 첨단 문명시대에서도 끈질기게 이끌어나갈 반만년 한국인의 정체성, 그 본질과 뚝심을 들려줄 것입니다.

차 례

프롤로그

왜? 지금 다시 김지하인가

2022년 6월 25일 오후 3시 서울 종로 천도교 대교당에서 '김지하 시인 추모 문화제'가 열렸다. 문화예술인과 성직자, 정치가 등 4백여 명이 모여 49일 전 81세로 타계한 김지하 시인의 삶과 시와 사상과 운동을 추모하며 영혼을 천도했다.

문화제는 무용가들의 청수 한 동이, 남녘땅 살풀이, 마고 춤 등 천도재 제의 춤으로 시작됐다. 김사인 시인의 축문과 6월민주항생계승사업회 문국주 이사장의 약전 소개, 이부영 전 의원과 함세웅 신부의 모시는 말씀 등이 이어졌다. 이날 사회를 맡은 유홍준 전 문화재청장은 김 시인에 대해 "공功이 9라면 과過는 1에 불과하다"라며 "그를 이대로 보낼 수 없어 49재에 맞춰 이번 행사를 준비했다"라고 추모 문화제의 개최 취지를 밝혔다.

이날 추모 문화제를 기획하고 이끈 이부영 추진위원회 위원장은 "젊은 시절 '타는 목마름으로' 민주주의를 갈망했던 그는 '죽임' 앞에서 처절한 사투를 벌인 끝에 마침내 '생명'이라는 깨달음에 다다랐고, '감옥 밖 감옥에서' 다시 타는 목마름으로 '생명 세상'을 외치고 갈구하다 기진하여 스러졌다. 그가 치열한 구도와 수난의 과정에서 기필코 열어 보려 했던 그 '생명의 문'을 이제 우리가 열어내야만 한다"라며 "죽음을 살아낸 다음에 생명, 평화에 마음을 쏟았다고 누가 감히 그를 타박할 수 있겠는가"라고 반문했다.

대학 시절부터 같이 공부하고 활동해온 염무웅 문학평론가는 "지하는 진정한 혁명으로서의 문화대혁명의 씨앗이 동아시아, 그중에서도 한반도, 그중에서도 가장 핍박받고 헐벗은 남녘땅 민중 속에, 그들의 고유 정서와 전통 사상 속에 잠재해 있을 거라며 그 예언을 오늘의 현실 속에서 살려내는 일이 자신의 과업이라는 생각을 남기고 저 세상으로 떠났다"라고 추도했다.

지하의 집을 찾아 둘이서 함께 동학을 깊이 연구한 사상가 김용옥은 "지하에게는 동학이라는 '다시 개벽'이 있었다. 지하에게 동학은 배움의 대상이 아니라 발견의 대상이었다. 지하는 동학을 발견했다. 수운의 생명력이 해월의 치열한 도바리 속에서 꽃을 피웠다면, 해월의 꽃은 지하의 시를 통하여 장엄한 화엄 세계를 구축"한 것으로 평가했다.

그러면서 지하의 시 몇 편을 낭송하며 "엘리어트에게 생명이라는 것이 백작 부인의 사치였다면, 지하에게 생명은 우금치에서 쓰러져가는 소복의 민중이 흘린 피를 먹고 자라나는 잡초의 영원한 솟음이었다. 지하의 시는 너무도 쉽다. 그러나 현란한 언어의 포장 속에 자기를 감추는 여느 시인의 시보다도 격조가 높다. 시대의 아픔을 처절하게 느끼고 끝까지 변절하지 않은 김수영은 위대한 시인으로 영원히 기억되겠지만 지하에게서 느끼는 사유의 폭이 느껴지지는 않는다"라고 추도했다.

김 시인과 함께 판소리와 마당극 운동을 펼쳤던 임진택 명창은 "육체적 고통과 한계 속에서도 처절하리만큼 치열하게 인간과 사회의 변혁과 완성을 고뇌하고, 지구와 우주 생명에 대한 전 일체적 깨달음에 다다른 김지하의 구도求道적 일생을 경외해야 마땅하다. 그는 이 세상을 떠났지만, 남은 우리는 그가 그토록 애타게 알려주고 싶었던 생명의 길, 평화의 길로 이 세상을 지키고 가꾸어 나가야 하기 때문이다"라고 추모의 의미를 명확히 밝혔다.

"최선을 다한 사람입니다/미주알이 내려앉도록/천령개 백회혈 자리가 터지도록/용을 써 버틴 사람입니다/버그러지는 세상 온몸으로 받치려고/등짝은 벗겨지고/종아리 허벅지 힘줄들 다 터졌습니다/그 노릇이도록 운명에 떠밀린 사람입니다/스스로의 선택이자/한반도의 기구한 팔자가/점찍은 사람이었습니다/그의 소신공양으로/우리는 한 시대를 건넜습니다"

김사인 시인의 추모시인 「지하 형님 환원還元 49일에 해월신사께 한 줄 축祝을 올립니다」의 한 대목이다. 동학

2대 교주 해월 최시형에게 올리는 축원문 형식의 시에서 공과를 말하면서도 온몸으로 한 시대를 건너간 지하를 거두어 줄 것을 축원했다.

네 시간 이상 치러진 추모 문화제를 지켜보며 그 49일 전의 장례식장이 떠올랐다. 강원도 원주의 빈소는 한산하고 적막했다. 사람의 인심이 이래서야 쓰겠느냐는 한탄이 터져 나올 정도로. 그런 탄식과 자성이 이날 추모 문화제를 개최한 계기가 된 것이다. 그렇다면 김지하는 누구이고 왜 우리 시대 다시 살펴봐야 하는가.

김지하는 '지하地下'라는 이름 그대로 박정희 군부독재 시대에 지하로 숨어다니며, 혹은 투옥당하며 독재에 저항하고 시를 썼던 민주인사요, 시인이다. 5.16쿠데타와 유신으로 대표되던 군부독재 저항의 상징이면서 우리 민족 고유의 한에서 빛과 에너지를 얻는 신명 난 서정으로 민족, 민중시와 예술 세계를 힘차게 열어젖혔다.

나아가 우리 민족의 아득한 원류인 마고성에서 신시神市, 단군시대를 거쳐 동학으로 이어지는 시대와 사상을 연구하며 우리 시대를 더 낫게, 건강하게 이끌려던 사상가다. 동서고금의 사상을 깊이 있게 연구하면서도 어느 사상에도 메이지 않고 시적 상상력으로 시대와 삶, 생명의 숨통을 터준 사상가다.

그런 김 시인을 필자는 문학도이던 고교 시절부터 읽어오다 1980년대 말부터는 자주 만나 왔다. 고문과 투옥 후유증으로 이명耳鳴과 벽면증壁面症에 시달리던 시인을 모시고 병원에도 함께 갈 정도로 친근했다.

그러던 중 한 천년이 다음 천년으로 넘어가며 흥분되고 불안하기도 하던 밀레니엄 교체기인 1999년에 김 시인을 중심으로 한 상고시대 연구자 열 명 남짓과 한 달에 두어 차례씩 모여 함께 공부했다. '고대로부터의 빛, 21세기의 비전'이란 주제로 단군 너머 우리 민족의 아득한 상고대, 유목과 채집 사회와 사상으로부터 21세기 신유목시대의 비전을 환하게 밝혀보자는 기획에서다.

"많은 문명이론가, 생태학자와 영성 수련자들이 한결같이 전 지구 생명체의 파멸적 위험을 우려합니다만 여기에 대응한 세계 시민운동도, 새 과학도, 과학을 촉매할 담론도, 비전도 나오지 않고 있습니다. 이 지점에서 어디 한

번 눈을 부릅뜨고 생각해봅시다. 고조선 문명의 패턴이 여기에 대해 대답할 수 없을까요?"라고 물으며 김 시인은 우리 민족의 동방 르네상스를 부르짖었다.

필자도 당시 중앙일보 문화부 기자로 그 모임에 끼어 공부 준비와 정리도 하고 또 그 성과물을 유력 일간지와 TV 방송 연재도 기획했었다. 그렇게 만나고 공부도 같이 해오며 김 시인에게서 실감한 것은 초지일관初志一貫 또는 일이관지一以貫之다. 처음에 먹은 한가지 뜻이 끝까지 계속된다는 이 말은 김 시인의 파란만장한 삶의 역정을 꿰뚫고 있다.

1970년대를 다 바쳐 민주화운동과 투옥 생활을 한 후 1980년 출옥해 '생명'운동과 '율려律呂'운동을 제창했을 때 적잖은 사람들은 '변절'을 이야기하기 시작했다. 언론의 그러한 질문에 김 시인은 "나는 달라진 게 없다"라고 잘라 말하곤 했다.

시와 사상으로서 끊임없이 인간과 사회의 변혁을 꿈꿔온 김 시인은 변화하는 시대에 대한 실천, 자신의 경험으로써 그 첫 뜻을 일관했다. 그래서 젊은 날의 이념에 우직하게 충실한 이들에게 변절로 보이고 몰리고도 있지만 김 시인의 삶과 시와 사상은 '생명'과 '살림'으로 일관하며 그 깊이를 더해갔다.

김 시인의 사상은 율려, 풍류, 동학 등 우리와 동양의 고대 사상에 뿌리를 두고 있다. 여기에 테야르 드 샤르댕, 질 들뢰즈 등 서양의 최신 사상을 끌어들여 민족, 동양을 초월한 범 인류적 보편성으로 나아갔다. 그런 가운데 1998년 율려학회 등을 만들어 우리의 고대 사상과 전통문화를 창조적으로 해석해 사람과 우주 만물이 공생할 수 있는 21세기 새로운 문명의 빛을 찾으려 했다.

혁명가이자 명상가로 뭇 생명에 대한 공경과 살림, 곧 모심으로써 시와 사상, 삶을 초지일관했다는 게 필자가 만나고 공부하며 실감한 김 시인이다. 우주 삼라만상에 생명을 불어넣으며 살리고 공경하며 모시려 한 김 시인의 일이관지를 '노망老妄'이나 '섬망譫妄'이라는 병적 증상으로 보며 소위 '변절'을 대속해 주려는 말들도 나온다.

그럼에도 필자는 그런 병적 증상을 크고 넓고 깊은 세계를 향한 불굴의 정신과 시인의 예민한 감성, 그 이율배

반의 충돌과 혼돈에서 나온 영성靈性으로 보고 싶다. 대용량 생성형 인공지능 AI로서도 추론할 수 없는, 시대를 온몸 으스러지게 겪으며 나온 체험의 영성, 그 흰 그늘의 빛으로 세상을 좀 더 낫게 이끌고자 초지일관한 사람이 바로 김지하 시인이다.

1장

생애 -
흰 그늘의 길

스물이면

혹

나 또한 잘못 갔으리

품 안에 와 있으라

옛 휘파람 불어주리니, 모란 위 사경四更

첫 이슬 받으라

수이

삼도천三途川 건너라

-「척분滌焚」 전문

1. 죽음의 굿판 당장 걷어치워라-변절인가? 일관된 생명인가?

"젊은 벗들!

나는 너스레를 좋아하지 않는다. 잘라 말하겠다. 지금 곧 죽음의 찬미를 중지하라. 그리고 그 굿판을 당장 걷어치워라. 당신들은 잘못 들어서고 있다. 그것도 크게! 이제 나저제나 하고 기다렸다. 젊은 당신들의 슬기로운 결단이 있기를 학수고대하고 있었다. 숱한 사람들의 간곡한 호소가 있었고, 여기저기서 자제 요청이 빗발쳐 당연히 그쯤에서 조출한 자세로 돌아올 줄로 믿었다. 그런데 지금 당신들 무슨 짓을 하고 있는가?

생명이 신성하다는 금과옥조를 새삼 되풀이하고 싶지

는 않다. 하나 분명한 것은 그 어떤 경우에도 생명은 출발점이요, 도착점이라는 것이다. 정치도 경제도 문화도, 심지어 종교까지도 생명의 보위와 양생을 위해서 있는 것이고 그로부터 출발하는 것이지, 그 반대는 아니다. 근본을 말살하자는 것인가? (중략)

당신들은 민중에게서 무엇을 배우자고 외쳤는가? 어떠한 경우에도 포기하지 않는 끈질긴 생명력과 삶의 존중, 삶의 지혜를 놔두고 도대체 무엇을 배운다고 하는가? 어느 민중이 당신들처럼 그리도 경박스럽게 목숨을 버리던가? 당신들은 흔히 '지도'라는 말을 쓴다. 또 '선동'이란 말도 즐겨 쓴다. 스스로도 확신 못 하는 환상적 전망을 가지고 감히 누구를 지도하고 누구를 선동하려 하는가? 더욱이 죽음을 찬양하고 요구하는가? 제정신인가, 아닌가? (중략)

철부지라는 말도 정확하지 않다. 당신들은 지금 극히 위태롭다. 생명은 자기 목숨이라 하더라도 함부로 할 수 없는 무서운 것인데 하물며 남의 죽음을 제멋대로 부풀려 좌지우지 정치적 목표 아래 이용할 수 있단 말인가?

그럴 수 있다고 대답하는 모양인데, 그렇다. 바로 그 대답에 당신들의 병의 뿌리가 있고 문제의 초점이 있다. 지금 당신들 주변에는 검은 유령이 배회하고 있다. 그 유령의 이름을 분명히 말한다. '네크로필리아' 시체선호증이다. 싹쓸이 충동, 자살특공대, 테러리즘과 파시즘의 시작이다. (중략)

묻겠다. 당신들의 신조는 종교인가? 유물주의인가? 육신을 경멸하고 영혼의 찬란한 해방을 광신하는 고대 종교인가? 육신의 물질성만을 주장하는 속류 유물주의인가? 도대체 어느 쪽인가? 도대체 그놈의 굿판에 사제 노릇을 하고 있는 중과 신부의 정신을 사로잡고 있는 것은 악령인가? 성령인가? 저는 살길을 찾으면서 죽음을 부추기고 있는 이른바 진보적 지식인들은 선비인가? 악당인가? (중략)

젊은 벗들!

지금 곧 죽음의 찬미를 중지하라. 그리고 그 소름끼치는 의사굿을 당장 걷어 치워라. 영육이 합일된 당신들 자신의 신명, 곧 생명을 공경하며 그 생명의 자연스러운 요구에 따라 끈질기고 슬기로운 창조적인 저항 행동을 선택하라."

1991년 5월 5일 자 조선일보의 3면에 「젊은 벗들! 역사에서 무엇을 배우는가」라는 제목으로 실린 김지하 시인 글의 한 부분이다. 신문 편집에서 독자들에게 글의 초점을 명확하게 알리기 위해 뽑은 헤드라인인 '죽음의 굿판 당장 걷어치워라'라로 큰 논란을 불러일으키며 널리 읽힌 글이다.

그해 4월 26일 학원 자주화와 노태우 군사정권 퇴진 시위를 벌이던 명지대 1학년 강경대 학생이 교내에 진입한 경찰 백골단에 쇠 파이프로 구타당해 사망했다. 이를 규탄하며 전국적으로 격렬하게 벌어지는 시위와 잇따른 분신자살에 대한 기사와 사진이 신문 지면을 도배하던 시점에서 나온 글이다.

"내 몸과 마음에도 흰, 새하얀 불길이 활활활 타는 듯했고 매우 뜨겁고 몹시 괴로웠다. 생명에 대해 입을 다물든가 아니면 분신을 만류하는 글을 써야만 했다. 운동의 선배로서, 한 사람의 생명론자요, 지식인으로서 반드시 말을 해야 한다, 말을!

그러나 세상의 지식인들, 내로라하는 자칭 선배들 모두 입을 꽉 다물고 있었다. 권력 아니면 학생들에게 혼이 날까 봐 아예 눈치를 보고 있었다." 뒤에 회고록 『흰 그늘의 길』에서 밝힌 당시 김 시인의 심경이다.

생명, 목숨을 그 어떤 가치보다 최우선으로 치는 위 글에 많은 사람이 공감했을 것이다. 그러나 민주화 운동권과 적잖은 지식인들은 아연실색했다. 민주화운동의 상징인 김지하가, 그것도 보수 언론 매체의 대표 격인 조선일보에 기고했기 때문이다.

필자 또한 그 글을 보는 순간 지하 선생에 대한 염려가 앞섰다. 앞뒤 가리지 않고 무모할 정도로 용감해 적잖이 불안했다. 아니나 다를까. 한겨레신문과 대학신문 등에 반론이 이어지고 어느 자리에서든 화제가 돼 시원하다는 찬사는 물론 귀에 담기 힘든 비난도 쏟아졌다.

한 시민은 "『오적五賊』의 김지하는 죽었습니다"라고 단언하며 이렇게 외쳤다. "제발 침묵하십시오. 정의와 진리의 편에 설 지혜와 용기가 없다면 말하지 말고 쓰지 마십시오. 그것이 이 땅이 사람 사는 세상, 진정한 생명이 존재할 수 있는 세상이 되도록 돕는 길입니다. 그것이 당신의 시와 열정을 사랑했고, 당신이 가는 길을 안타까워하는 후배들에 대한 최소한의 예의라고 생각합니다."

후배 김형수 시인은 칼럼 「젊은 벗이 김지하에 답한다」에서 "강경대를 애도한 젊은 벗들을 아낌없이 질타해 준 김지하 시인에게, 먼저 처음이자 마지막 경애심을 바친다"라며 "나는 이제 김지하에게 바쳤던 경애심을 철회하여 열사들의 그늘에서 세수조차 못 하고 밤을 지샌, 숱한 젊은 벗들에게 돌리고자 한다. 받아라! 벗들! (중략)

함께 한 삶을 존중하여 요강 뚜껑으로 물 떠먹는 노인일지언정 흉보지 않는 것이 우리 조상들의 미덕이었다. 나 역시 오늘 밤, 예전의 김지하가 쓴 찬란한 시편들을 재차 음미하며, 조상들의 아름다운 미덕을 어긴 나를 뉘우치리라"라고 썼다. 이 글은 전국 각 대학 학생들의 대자보로도 붙어 많이 읽혔다.

강경대 학생의 누님 강선미 씨는 "누가 우리 경대의 이름을 부풀려 정치적으로 이용하고 있단 말인가?"라고 물으며 "운동이 끝장난 것이 아니라 당신이 운동의 대열에서 이탈했을 뿐이다. 젊음들의 죽음을 더 이상 모독하지 말라. 이미 분신해 가신 분들께 저세상에 가서도 다시 몸을 태우도록 부추기지 말라"라고 통분했다.

이런 비판이 이어지며 진보 진영에서는 김 시인을 변절자, 배신자로 낙인찍었다. 김 시인이 감옥에 있을 때 석방운동을 앞장서 펼쳤던 진보적 문학단체인 민족문학작가회의(현 한국작가회의)는 시인을 제명해 버렸다.

반면 보수 진영에서는 김 시인의 칼럼을 인용하며 진보 진영과 운동권을 분신과 시체를 떠메고 시위를 조장하는 시체선호증에 걸려 생명, 목숨을 운동의 도구로 보는 부도덕한 집단으로 매도했다. 자신의 글이 이렇게 진보와 보수의 싸움을 조장하며 정치적 목적에 이용되는 것을 보고 김 시인은 몹시도 당황하고 착잡했을 것이다. 정신을 수습하려 병원에 다니는 것을 몇 차례 보고, 듣기도 했다.

김 시인보다 3년 앞서 타계한 부인 김영주 여사는 "민주화했다고 떠드는 사람들이 때론 은밀하게, 때론 공개적으로 남편 속을 들쑤시고 마음에 상처를 줬다"라고 했다. 그 상처로 "석방된 이후 20년 동안 12차례나 정신병원에 입원했다. 젊은이들의 분신자살이 이어진 1991년에 그 칼럼으로, 그 뒤엔 무슨 사회적 발언만 하면 못 잡아먹어 조직적으로 난리를 쳤다. 그 배신감과 원통함이 오죽했겠나"라고 김 여사는 곁에서 지켜본 남편의 고충을 털어놓았었다.

그런 시인의 고충을 떠나보내고서야 이해했음인가. 진보와 운동권의 올곧은 정신이 한결같아 필자도 두려워하면서도 존경하는 김형수 시인은 추모제에서 이렇게 통탄하고 애석해했다.

"내가 김지하 시인의 부음을 듣고 막막한 것은, 위대한 인격 하나를 잃었다는 사실에, 그 많은 후학을 남긴 스승이 '나머지 사람들'의 '섬김'을 못 받았다는 사실에, 그 장엄한 생애가 국가폭력으로 망신창이가 되어서 말년을 너무 적막하게 보냈다는 사실이 너무 겹쳐 온 까닭이다."

임진택 명창은 「위악자僞惡者 김지하를 위한 변명」이라는 제목의 추모글에서 김 시인에 대해 이렇게 얘기했다. “지배권력 쪽뿐만 아니라 반대로 진보 진영 쪽에 대해서도 위악자의 역할을 자처했습니다. 자기 명예를 훼손시키고 오욕을 다 뒤집어쓰면서 말이지요.

한 개인에게 있어 영욕榮辱의 굴곡이 이처럼 큰 경우를 다시 찾아보기 어려운데요. 그 빌미가 소위 1991년 ‘죽음의 굿판’ 사건과 2012년 ‘박근혜 지지’를 둘러싼 풍파였지요. (중략)

이 두 가지 사건을 두고 민주, 진보 진영 사람들로부터 ‘배신’ 또는 ‘변절’ 말이 낙인처럼 가해졌는데, 나는 이 단어들의 정확성에 대한 점검을 해봐야 한다고 생각합니다. 배신이나 변절이라는 게 뭐냐 하면 원래 자기가 가지고 있던 생각을 바꿔서 자신의 사사로운 안위나 어떤 이득을 취했을 때 쓰는 말이지요. 그런데 김지하는 그 일로 해서 어떤 안위나 이득을 취한 것이 전혀 없어요. 그의 질타는 배신이 아니라 동지, 후배들에 대한 뜨거운 애정에서부터 나온 것이고, 그의 포용은 변절이 아니라 더 큰길로 나아가고자 하는 확장과 통합의 모색으로 이해되어야 할 것입니다.”

필자도 임 명창과 같은 생각이다. 그럼에도 그 칼럼이 진보를 비난하고 운동권을 죽이는 꼴로 정치적으로 이용당해 김 시인도 "그때 그 일은 분명 잘못된 일이었다"라고 거듭 사과하고 반성하지 않았던가.

"생명/한 줄기 희망이다/캄캄 벼랑에 걸린 이 목숨/한 줄기 희망이다//돌이킬 수도/밀어붙일 수도 없는 이 자리//노랗게 쓰러져버릴 수도/뿌리쳐 솟구칠 수도 없는/이 마지막 자리//어미가/새끼를 껴안고 울고 있다/생명의 슬픔/한 줄기 희망이다."

김 시인이 1970년대에 투옥 생활을 하면서 쓴 시 「생명」 전문이다. 건듯 바람에 솟구쳐 둥둥 떠다니다 어디서고 생명 일구는 민들레며 잡초들의 홀씨. 이번엔 사형수 독방 콘크리트 창틀에 개가죽나무가 뿌리를 내렸다. 캄캄한 벼랑에 걸린 목숨의 마지막 자리에서 솟구쳐 오르는 생명을 시인은 보았다.

절체절명의 순간, 생명의 기쁨도 슬픔도 모두 희망이란 걸 문득 깨달았다. 그러니 부디 살아내야 할 것을, 생명이 지상의 가치임을 절감한 것이다. 그때부터 김 시인은 생명 사상을 다각적으로 탐구하게 됐다.

그런 김 시인이 분신 시위를 종식하기 위해 '죽음의 굿판 당장 집어치워라'라고 일갈한 것이다. 그러나 생명을 소중히 하라는 뜻과는 달리 민주화가 시급한 시국에서 더 많은 시위가 잇따르자 김 시인은 같은 조선일보 지면 5월 17일 자에 칼럼 「다수의 침묵, 그 의미를 알라」를 발표했다.

"스물이면/혹/나 또한 잘못 갔으리/가 뉘우쳤으리/품안에 와 있으라/옛 휘파람 불어주리니/모란 위 사경四更/첫 이슬 받으라/수이/삼도천三途川 건너라"

그 칼럼 끝에 실린 시 「척분滌焚」 전문이다. "원귀를 불러 혼돈과 증오심을 일으키고 원귀를 이용해 투쟁을 선동하려는 일체의 어두운 소란의 굿판을 그치게 하기 위해 (중략) 그들 혼백을 삼도천 건너 보내줘야 한다"라며 분신의 혼백들에 천도재를 올려준 시다.

2. 타는 목마름으로-민주화 투쟁의 상징

"현 정부는 내가 가난한 환경에서 태어나 가난뱅이로 자라나, 바로 가난뱅이이기 때문에 생리적으로 부자와 자본주의를 증오하는 악랄한 공산주의자가 되었다고 합니다. 1964년 한일회담 반대 시위로 법정에 선 이래, 현 정부는 상투적으로 정부 비판의 동기를 가난뱅이이기 때문이라고 말하고 있습니다. (중략)

나는 시인입니다. 시인이라는 것은 본래부터 가난한 이웃들의 저주받은 생의 한복판에 서서 그들과 똑같이 고통받고 신음하며 또 그것을 표현하고, 그 고통과 신음의 원인들을 찾아 방황하고, 그 고통을 없애며, 미래의 축복받은 아름다운 세계를 꿈꾸고, 그 꿈의 열매를 가난한 이웃들에게 선사함으로써 가난한 이웃들을 희망과 결합시켜주는 사람입니다. 그렇기 때문에 우리는 참된 시인을 민중의 꽃이라고 부르는 것입니다. 만약에 시인이 혁명을 선택했다면 그것은 그가 사랑하는 가난한 이웃들에게 꿈을 주기 위해서이며, 때문에 그 혁명은 이 세상에서 전혀 새로운 창조적인 혁명에 대한 몽상의 단계일 수밖에 없습니다."

1976년 12월 13일 김지하 시인의 법정 최후 진술 대목이다. 이런 진술에도 불구하고 재판부는 기왕의 무기징역형에 더해 반공법 위반 혐의로 징역 7년, 자격정지 7년을 추가로 판결했다. 1974년 민청학련사건으로 사형까지 선고받았으나 세계적인 구명운동으로 10개월 만에 형집행정지 처분으로 풀려났던 김 시인은 기약 없는 감옥 생활로 되돌아갔다.

"신새벽 뒷골목에/네 이름을 쓴다 민주주의여/내 머리는 너를 잊은 지 오래/내 발길은 너를 잊은 지 너무도 너무도 오래/오직 한 가닥 있어/타는 가슴 속 목마름의 기억이/네 이름을 남몰래 쓴다 민주주의여//아직 동트지 않은

뒷골목의 어딘가/발자국 소리 호르락 소리 문 두드리는 소리/외마디 길고 긴 누군가의 비명 소리/신음 소리 통곡 소리 탄식 소리 그 속에 내 가슴팍 속에/깊이깊이 새겨지는 네 이름 위에/네 이름의 외로운 눈부심 위에/살아오는 삶의 아픔/살아오는 저 푸르른 자유의 추억/되살아오는 끌려가던 벗들의 피 묻은 얼굴/떨리는 손 떨리는 가슴/떨리는 치떨리는 노여움으로 나무판자에/백묵으로 서툰 솜씨로/쓴다.//숨죽여 흐느끼며/네 이름을 남몰래 쓴다./타는 목마름으로/타는 목마름으로/민주주의여 만세."

김 시인이 1975년에 쓴 시 「타는 목마름으로」의 전문이다. 지면 발표는 물론 출판도 안 되던 시절 대자보로 붙고, 필사돼 널리 읽히며 민주화 투쟁을 이끈 시다. 1980년대 들어 가수 김광석, 안치환 등이 장중한 민중가요로 불러 시대의 울분을 각혈하듯 토해내게 하던 시다.

김 시인은 1959년 중동고등학교를 졸업하고 서울대 미학과에 입학했다. 데생과 난초 치는 법, 미학 사상 등을 배우는 한편 연극반에 가입해 단역 배우로도 출연하며 대학 생활을 시작했으나 학업과 낭만에만 빠져들 수 없는 시국이었다. 독재로 썩을 대로 썩은 이승만 자유당 정권은 1960년 3.15부정선거로 4.19혁명을 불렀다. 4월 19일 집이 있는 원주에서 새벽 기차를 타고 서울로 온 김 시인은 이후 민주화 시위에 참여하게 된다.

1961년 5월 남북학생회담 환영 통일촉진궐기대회가 서울서 열려 판문점 남북학생회담 대표로 뽑혀 준비하다 회담을 일주일 앞두고 5.16군사쿠데타가 일어나 주동 학생들이 검거됐다. 김 시인은 목포로 도피해 부둣가 등지에서 숨어 지냈다.

"나는 그날 시위대 속에 있었다. 동숭동 문리대 정문의 돌다리 위에서였다. 시위대 앞으로 중대 하나 정도의 군 병력이 총에 착검을 하고 칼날을 수평으로 세워 들이대며 명령에 따라 일보 또 일보 다가들었다. 순간 화가 나서 총칼을 손으로 잡아 크게 다치는 학생도 있었다. 내 가슴 바로 앞에 들이댄 총칼을 보며 가슴 밑바닥에서 갑자기 들끓기 시작한 시뻘건 분노를 나는 어쩔 수가 없었다. 그 분노! 이것이 내 행동의 시작이었다."

김 시인의 회고록『흰 그늘의 길』중 1962년 6월 8일 서울대에서 벌인 '한미행정협정 체결촉구 시위'를 다룬 한 대목이다. 어쩔 수 없는 '분노' 때문에 행동을 시작하게 되었음을 분명히 밝히고 있다. 학생을 다치게 하고 자신의 가슴에 들이댄 총칼에 들끓는 분노가 투쟁으로 이어진 것이다.

1964년 복학한 김 시인은 5월 20일 서울대에서 벌인 '민족적 민주주의 장례식 및 규탄대회'에서 「곡哭, 민족적 민주주의」라는 조사弔辭를 썼다. 1963년 12월 군복을 벗고 대통령에 당선된 박정희의 제3공화국이 내건 '민족적 민주주의'에 조종弔鐘을 울린 것이다.

박 정권이 한일회담을 열자 김 시인은 '서울대학교 6·3 한일굴욕회담반대 학생총연합회' 소속으로 학생 시위대를 광화문으로 이끌어 시민들과 함께 연좌농성을 벌인다. 이른바 '6.3사태'로 박 정권은 그날 밤 서울 일원에 비상계엄령을 선포하고 주동자를 검거했다. 이때 김 시인도 체포돼 서대문형무소에 갇혔다가 9월에 풀려났다.

1965년 8월 14일 국회에서 여당 단독으로 한일조약 비준안이 날치기로 통과되자 반대 시위가 거세게 일어났다. 박 정권은 위수령을 발동해 시위대를 진압했다. 김 시인은 1급 지명수배자가 돼 또다시 도피 생활을 하게 되었다.

1966년 수배가 해제되어 3월에 복학했다. 8월에는 햇수로 8년간이나 유지했던 '고의적인 장기 학적 보유'를 끝내고 졸업했다. 그러나 다시 지명수배되어 도피 길에 나선다. 강원도 탄광에서 숨어서 일하다 지병인 폐결핵이 다시 도지자 1967년부터 1969년까지 서울시립서대문병원에서 입원 치료를 받았다.

"시를 쓰되 좀스럽게 쓰지 말고 똑 이렇게 쓰랏다./내 어쩌다 붓끝이 험한 죄로 칠전에 끌려가/볼기를 맞은 지도 하도 오래라 삭신이 근질근질/방정맞은 조동아리 손목댕이 오물오물 수물수물/뭐든 자꾸 쓰고 싶어 견딜 수가 없으니, 에라 모르겄다/볼기가 확확 불이 나게 맞을 때는 맞더라도/내 별별 이상한 도둑 이야길 하나 쓰겄다./옛날도 먼 옛날 상달 초사흣날 백두산 아래 나라선 뒷날/배꼽으로 보고 똥구멍으로 듣던 중엔 으뜸/아동방我東方이 바야흐로 단군 이래 으뜸/으뜸가는 태평 태평 태평성대라/그 무슨 가난이 있겠느냐 도둑이 있겠느냐/포식한 농민은 배 터져 죽는 게 일쑤요/비단옷 신물나서 사시 장철 벗고 사니/(중략)/서울이라 장안 한복판에 다섯 도둑이 모여 살았겄다."

『사상계』 1970년 5월호에 발표한 장시 「오적五賊」 첫 대목이다. 권력층의 부정과 부패상을 판소리 가락으로 이야기한 담시譚詩다. 이 시는 군부독재 아래서 숨죽여 지내던 국민들의 숨통을 후련히 터주며 회자되고 당시 야당인 신민당의 기관지 『민주전선』에도 실렸다. 일본의 주간 아사히와 북한의 노동신문 등에도 소개되어 김지하를 일약 세계적 저항 시인으로 만든 시가 「오적」이다.

당국은 김 시인은 물론 『사상계』 사장과 편집장, 『민주전선』 주간 등을 반공법 위반 혐의로 구속했다. 김 시인은 폐결핵이 악화되어 병보석으로 세 달 만에 서울구치소에서 풀려났다.

1971년 4월 8일 문인, 학자, 종교인 등이 서울 YMCA에 모여 결성한 '민주수호국민협의회'에 김 시인도 참여했다. 지학순 주교가 이끄는 천주교 원주대교구의 농촌 협동운동 관련 일을 시작하며 지 주교와 끈끈한 유대관계를 맺는다. 10월 5일에는 원주대교구에서 신자 6백여 명이 참가한 가운데 '부정부패 추방', '사회 정의 실현'을 위한 시위가 열린다. 이 시위 선언문을 김 시인이 초안했다.

이 원주 시위를 계기로 반정부 시위가 전국으로 확산됐다. 정권은 위수령을 발동해 무장 군인을 대학에 주둔시키고 학생들을 대거 검거했다. 김 시인은 배후조정 혐의로 지명수배되어 다시 피신했다.

1972년 김지하는 가톨릭계 월간지 『창조』 4월호에 권력의 횡포를 풍자한 담시 「비어蜚語」를 발표했다. 그러자 중앙정보부는 '북괴의 선전 활동에 동조했다'는 이유로 김 시인과 잡지 관계자를 연행해갔다. 폐결핵으로 기소유예 처분을 받은 김 시인은 마산국립결핵요양원에서 강제 연금 생활을 하게 됐다.

박정희 정권은 같은 해 10월 17일 국회를 해산하고 전국에 비상계엄령을 내렸다. 전국의 대학을 휴교시키고 신문과 통신에 대한 사전 검열제를 시행했다. 그리고 12월 27일 영구 집권을 향한 유신헌법을 공표하며 유신체제로 들어갔다.

1973년 4월 7일 김 시인은 명동성당에서 김수환 추기경 주례로 소설가 박경리 외동딸 김영주와 결혼했다. 10월 2일 서울대에서 최초의 반유신 시위가 발생했는데 이는 이후 반유신 투쟁의 기폭제가 되었다. 11월 15일 천관우, 홍남순, 법정, 함석헌, 지학순, 조향록 등과 함께 지식인 15명의 '민주 회복을 위한 시국선언문'에 서명하고 12월 24일 서울 YMCA 강당에서 '민주 회복을 위한 개헌 청원 100만인 서명운동'을 위한 '헌법개정청원운동본부' 발족에 참여했다.

1974년 1월 8일 개헌 청원 서명운동을 방해하기 위해 영장 없이 체포, 구금할 수 있는 대통령 긴급 조치 1호와 2호가 잇달아 공표되자 김 시인은 다시 잠행한다. 4월 25일 새벽, 이만희 감독이 연출하는 영화 '청녀靑女' 조감독으로 촬영차 묵고 있던 흑산도의 한 여관에서 전격적으로 체포되어 수갑을 찬 채 서울로 끌려왔다.

"10여 년을 그리던 고향, 그 고향에 나는 수갑을 찬 모습으로 돌아온 것이다. 얼마나 그리던 유달산의 모습이었던가! 그리고 얼마나 초라한 내 모습이던가! 가슴 저 밑바닥에서 갑자기 오열이 터져 올라왔다. 내 시詩의 어머니. 굽이굽이 한이 얽힌 저 핏빛 황토의 언덕들. 사잣밥을 주워 잡수시던 할머니의 갈퀴 같은 손. 굶어 죽은 내 조카 진국이의 시체를 묻으며 뻘밭에 이마를 짓찧으시던 외할아버지의 통곡. 대창을 휘두르며 비녀산을 내려오던 뚜갱이의 그 핏덩어리 같은 두 눈. 생매장당한 아버지를 찾기 위해 캄캄한 밤, 송장들마다 들치며 소리 죽여 울던 창남이의 모습. 아아 그 고향에 나는 수갑을 찬 모습으로 돌아온 것이다."

끌려 오다 목포에 들른 당시를 회고한 김 시인의 「고행—1974」 한 대목이다. 고향 목포에 대한 정과 한과 역사가 그대로 묻어나고 있다. 김 시인의 여리고 섬세한 감성과 올곧은 정신, 그리고 초기 시 세계의 뿌리도 엿볼 수 있는 대목이다. 그렇게 끌려 온 김 시인은 모진 고문과 회유, 그리고 재판을 받게 된다.

"김영일은 1973년 11월 초부터 조영래에게 용공 불순 학생들을 포섭하여 전국적 규모의 강력한 학생 조직을 형성하고 반정부적 언론인, 지식인, 종교인에게 인권 운동을 가장하여 이에 동조하도록 하여 지원 세력의 저변 확대를 기하고 거사 자금은 김영일이 조달하도록 모의하는 한편 동년 12월부터 1974년 2월간에 민청학련 지도 위원인 이철, 나병식, 서중석, 황인성 등과 기독학생총연맹 간사인 안재웅에게 폭력 혁명을 일으킬 수 있도록 전국적인 학생 조직을 결성하되 이미 조직이 잘 되어 있는 기독학생총연맹과 반정부 지도자들을 모체로 하여 서울과 지방의 결속을 강화하고 그 조직을 1선과 2선으로 복선 조직을 하도록 선동함으로써 정부 전복의 중심체가 될 민청학련을 조직케 하고 동 단체의 조직과 그 거사를 위한 자금을 조달키 위하여 천주교 원주교구 주교 지학순과 모의한 후 그로부터 제공받은 금 108만 원을 민청학련의 거사 자금으로 제공하는 등 활동을 한 자임."

7월 13일 본명이 김영일인 김 시인은 그 같은 죄목으로 사형선고를 받았으나 판결 확인 과정에서 무기징역으로 감형된다. 이에 '김지하 구출 국제위원회'가 결성되어 프랑스의 사르트르와 시몬 보부아르, 미국의 노엄 촘스키,

일본의 오에 겐자부로 등 저명한 작가와 평론가, 종교인 다수가 서명한 석방 호소문이 발표된다.

이를 시작으로 세계의 대학생, 종교인, 학자, 문인, 사회단체 등이 김지하 석방을 위한 단체를 조직하고, 구명 운동을 활발하게 펼치게 된다. 그런 국내외 구명 활동으로 김 시인은 1975년 2월 15일 민청학련 관련자 148명과 함께 형집행정지 처분으로 석방되었다.

석방 소감으로 김 시인은 "종신형을 받았는데 벌써 나오다니 세월이 미쳤든지 내가 미쳤든지, 아니면 둘 다 미쳤든지 뭔가 이상하다"라며 "참으로 끔찍스러운 일이 공개될 것이다"라고 예고했다. 그리고 2월 25일부터 27일까지 연속 3회에 걸쳐 동아일보에 옥중 수기인 「고행-1974」를 연재했다.

그 글에서 혐의자들을 사형으로 몰고 간 인혁당사건을 중앙정보부가 조작했다는 것을 밝혔다. 그리고 일본의 한 주간지와의 8시간에 걸친 인터뷰를 통해 유신헌법의 반민주성을 통렬히 비판하기도 했다.

석방 후 집으로 찾아온 김 시인에게 김대중은 "김 시인은 민족의 슬픔과 아픔과 분노를 진실하게 대변하는 위대한 정신적 대변자"라고 말했다. 함세웅 신부 요청으로 민주회복국민회의 대변인을 맡기도 했다.

그런 글과 활동 등으로 김 시인은 3월 13일 정릉의 처가를 나서다 중앙정보부원에게 체포되어 반공법 위반 혐의로 구속됐다. 내외신 기자회견과 옥중 수기로 '반국가단체를 찬양, 고무함으로써 결과적으로 북괴의 선전 활동에 동조했다'는 것이다. 그리고 "나는 공산주의자다"라고 쓰인 자필 진술서를 조작해 언론 매체에 뿌렸다.

"내가 요구하고 내가 쟁취하려고 싸우는 것은 철저한 민주주의, 철저한 말의 자유—그 이하도 그 이상도 아니다. 또한, 이러한 의미에서 나는 기본적으로 민주주의자, 자유주의자이다. 내가 가톨릭 신자이며, 억압받는 한국 민중의 하나이며, 특권, 부패, 독재 권력을 철저히 증오하는 한 젊은이라는 사실 이외에 나 자신을 굳이 무슨 주의자로 규정하려고 한다면, 나는 이 대답밖에 할 수 없다. 민주주의는 백성을 사랑하는 위정자를 바라는 것이 아니라, 시민의 피와 시민의 칼을 두려워하는 권력을 바란다."

옥중에서 쓴 방대한 분량의 「양심선언」 한 대목이다. 이 글이 유출되어 김 시인은 감시카메라가 24시간 내내 일거수일투족을 지켜보는 특수감방에 갇히게 된다.

그해 6월 29일 모스크바에서 열린 아시아-아프리카 작가 회의에서 김 시인에게 '제3세계 노벨 문학상'으로 불리는 로터스상 특별상을 수여했다. 그와 함께 "김지하는 현재 아시아뿐만이 아니라 전 세계에서 가장 뛰어난 시인의 한 사람으로서 한국의 또 다른 정치범들과 함께 자유와 민주주의의 상징"이라는 내용이 적힌 석방 요구서를 박정희 대통령에게 보낸다.

같은 시기에 미국, 유럽, 일본 등지의 작가와 지식인들은 1975년도 노벨 문학상과 평화상 후보로 김 시인을 추천하기도 했다. 그런 국내외의 석방 노력에도 불구하고 1976년 12월 31일 재판부는 반공법 위반 혐의를 인정해 이미 선고받은 무기 징역에 더해 징역 7년, 자격정지 7년을 판결했던 것이다.

"어느 날 대낮에 갑자기 네 벽이 좁혀들어오고 천장이 자꾸 내려오며 가슴이 꽉 막힌 듯 답답해서 꽥 소리 지르고 싶은 심한 충동에 사로잡혔다. 아무리 고개를 흔들어 봐도 허벅지를 꼬집어봐도 마찬가지였다. 몸부림, 몸부림을 치고 싶은 것이었다. 큰일이었다.

내 등 뒤 위쪽에는 텔레비전 모니터가 붙어 있어 중앙정보부와 보안과에서 나의 일거수일투족을 스물네 시간 내내 다 지켜보고 있으니, 이상한 행동을 하거나 못 견디겠다는 흉내라도 냈다 하면 곧바로 득달같이 달려와 꼬드겼다.

'김 선생! 이제 그만하고 나가시지! 각서 하나만 쓰면 되는 걸 뭘 그리 고집일까?'

그럴 수는 없는 일이었다. 참으로 이런 경우를 두고 '뜨거운 양철지붕 위의 고양이'라고 부르는 것이겠다. 그나마 천만다행인 것은 그 증세가 네댓새 간격을 두고 주기적으로 나타난다는 것이었다."

당시 독방 생활을 회고한 『흰 그늘의 길』의 한 대목이다. 사면의 벽이 좁혀오는 벽면증의 공포와 고통을 말한 것이다. 뜨거운 양철지붕 위의 고양이 같은 정신과 육체의 고통 속에서도 어떤 유혹과 거짓과도 타협하지 않았다. 독방에서 운동과 요가, 참선 등을 하며 육체와 정신의 건강을 지켜나가려 애썼다.

불교와 동학 관련 책들을 읽으며 대설『남』등의 작품도 구상했다. 어느 날 감옥 시멘트 틈새에서 개가죽나무가 뿌리를 내리는 것을 보고 생명 사상을 다각적이고 종합적으로 모색하기도 했다. 아울러 투쟁 방식도 기존과는 전혀 다른 생명적 패러다임 운동으로 전환하는 계기를 갖게 된다.

"너무 길어라/대낮 몸부림이 너무 고달퍼라/지금은 숨어/깊고 깊은 저 흙 속에 저 침묵한 산맥 속에/숨어 타는 숯이야 내일은 아무도/불꽃일 줄도 몰라라//한 줌 흙을 쥐고 울부짖는 사람아/네가 죽을 저 산에 죽어/끝없이 죽어/산에/저 빈 산에 아아//불꽃일 줄도 몰라라/내일은 한 그루 새푸른/솔일 줄도 몰라라."

투쟁과 투옥이 이어질 당시에 쓴 시「빈 산」후반부다. 죽어 빈 산에 묻혀 몸부림이 너무 고달픈 세상에 항쟁하는 불꽃, 늘 푸른 소나무가 되겠다는 각오가 그대로 읽히는 시다. "인생이 가장 무거웠던 시기가 언제였는가"라고 묻는 한 신문의 인터뷰에서 김 시인은 이렇게 말했다.

"가장 힘들었던 때가 1974년 민청학련 직전일 겁니다. 막 결혼하고 가정의 맛을 잠깐 맛볼 때였지요. 그때 처가 첫 아이를 가졌어요. 그런데 유신은 반대해야 되겠고, 당시에 나서려면 사형선고를 각오해야 했습니다. 그런데 정말 가기 싫었어요. 그 전의 필화사건을 겪을 때는 신명 같은 것이 있었는데, 이번에는 가기 싫더군요. 안 했으면 좋겠는데 억지로 결단을 내렸지요. 지금 보면 그때 나온 시들이 가장 정직합니다. 「빈 산」 등을 그때 썼지요. 죽음과 절망의 느낌 속에서 마지막 결단을 내리는 순간을 경험하니까 시가 정직해지더군요."

참 솔직한 답변이다. 사형선고, 죽음도 감수하고 항쟁에 나섰다. 신접 생활을 할 때인지라 그다지 내키지도 않았지만 그 길을 나섰다. 죽임의 세월, 고달픈 세상을 바꾸기 위해 자신의 안일보다 잘못된 세상에 대한 투쟁을 결단하고 택했다. 당시의 운동, 투쟁은 그렇게 정직하고 순정했다. 개인적 이익이나 영광이 아니라 죽어 잘못된 세상을 향한 항쟁의 불꽃, 늘 푸른 소나무가 되겠다는 순정

한 혁명이 있어 세상은 이렇게라도 살만하게 정화되어가
고 있는 것이다.

3. 거칠고 뜨거운 우투리의 핏줄-출생에서 감옥까지

김 시인은 1941년 2월 4일(음력) 전남 목포에서 아버지 김맹모와 어머니 정금성 사이 외아들로 태어났다. 호적에 올린 본명은 김영일金英一이다. 어버지는 일본에서 기술을 배운 1급 전기 기술자로 전파상을 운영했다.

증조할아버지는 목포 앞바다에 있는 섬인, 신안군 암태도 출신으로 동학혁명에 참가한 동학당 지도부의 한 사람이었다. 할아버지는 그 여파로 일본으로 피신해 오사카 가네미야기술자학교에서 기술을 배우고 돌아왔는데 목포에서 알아주는 전기 기술자였다. 아버지 역시 오사카에서 기술을 익히고 돌아와 대를 이어 목포 최고의 전기 기술자가 된 것이다.

1947년 목포 산정초등학교에 입학했다. 입학하기 전에 한글을 다 깨치고 초등학교 셈본까지 익혀 1학년 때부터 반장을 맡았다. 그림에도 타고난 소질이 있어 마당에다 뾰족한 돌멩이로 그림을 그리곤 했다. 1학년 땐 전라남도 전 초등학교 미술전에 입상하기도 했다.

4학년, 아홉 살 때 6.25가 터진다. 이념 대립에 의한 동족상잔의 참상을 어린 나이에 직접 겪고 보게 되었는데 이는 심중에 각인되었다. 일본에서 기술을 배울 때 공산주의 사상도 접했던 아버지는 해방 직전 조선 해방 게릴라 운동에도 관여했다. 그런 전력으로 6.25전쟁 발발 직후 보도연맹사건으로 예비 검속되어 목포경찰서 유치장에 투옥되었다. 그 후 다른 연맹원들과 함께 총살되기 직전에 1급 전기 기술자란, 당시 만해도 귀했던 기술의 유용성으로 인해 목숨을 구했다.

북한군이 들어오자 아버지는 목포시당 간부로 선출되었고 반대로 국군이 들어오자 빨치산이 되어 인근 영암 월출산으로 입산했다. 아들이 거적에 싸여 산 채로 수장水葬되었다는 뜬소문에 죽음을 무릅쓰고 하산한 아버지는 이번에도 또 그 귀한 기술 때문에 군에 조명과 영사 기술자로 차출되어 전선으로 위문공연을 따라다녔다.

그런 아버지에 대해 김 시인은 회고록 '글머리에'에서 이렇게 밝히고 있다. "'아버지는 공산주의자였다'라고 분명히 말하고자 한다. 이 명백한 한마디가 없이는 나의 회상은 전체적으로 그 회상 자체가 불가능하기 때문이다"라고. 툭하면 쫓기고 행방불명되는 공산주의자 아버지 때문에 김 시인의 유년은 늘 외롭고 그늘져 있었다.

"평소에는 부지런히 일만하고 우스갯소리에 눈물 많고 인정 많은 그런 양민이지만 한번 사세 뒤틀리면 관헌이고 지주고 간에 모지락스럽게 두들겨 패고는 냅다 튀어 뭍이나 딴 섬으로 바람같이 사라져버리는 그런 종자들을 가리켜 '우투리', '우툴' 혹은 '오돌', '오돌또기'라 부른다. 아마도 그들에겐 뭍에서 반란을 가담했거나 법을 어기고 섬으로 몸을 숨긴 선조들의 거칠고 뜨거운 반역의 핏줄이 이어져 오지 않았나 싶다. (중략)

우리 집안 최고의 우투리 증조부의 슬픈 날들! 그리

고 할아버지와 아버지의 날들! 나의 날들! 선천先天에 반역하는 모든 삶, 모든 날을 지배하는 그 이상한 죽음의 이미지! 새하얀 소외의 이미지! 영원히 끝나지 않을 유배의 그 황막한, 황막한 이미지! 나의 세계, 나의 깊고 깊은 번뇌의 뿌리!"

회고록 앞부분에서 집안 내력을 훑어보며 느낀 확실한 감회다. 그래 김 시인은 "저 검붉은 '우투리'의 핏줄을 나는 자랑스러운 나의 참족보로 생각한다"라고 털어놓고 있다.

"황톳길에 선연한/핏자욱 핏자욱 따라/ 나는 간다 애비야/네가 죽었고/지금은 검고 해만 타는 곳/두 손엔 철삿줄/뜨거운 해가/땀과 눈물과 모밀밭을 태우는/총부리 칼날 아래 더위 속으로/나는 간다 애비야/네가 죽은 곳/부줏머리 갯가에 숭어가 뛸 때/가마니 속에서 네가 죽은 곳//밤마다 오포산에 불이 오를 때/울타리 탱자도 서슬 푸른 속이파리/뻗시디 뻗신 성장처럼 억세인/황토에 대낮 빛나던 그날/그날의 만세라도 부르랴/노래라도 부르랴/대　에 대가 성긴 동그만 화당골/우물마다 십 년마다 피가 솟아도/아아 척박한 식민지에 태어나/총칼 아래 쓰러져 간 나의 애비야/어이 죽순에 괴는 물방울/수정처럼 맑은 오월을 모르리 모르리마는//작은 꼬막마저 아사하는/길고 잔인한 여름/하늘도 없는 폭정의 뜨거운 여름이었다/끝끝내/조국의 모든 세월은 황톳길은/우리들의 희망은//낡은 짝배들 햇볕에 바스라진/뻘길을 지나면 다시 메밀밭/희디흰 고랑 너머/청천 드높은 하늘에 갈리든/아아 그날의 만세는 십 년을 지나/철삿줄 파고드는 살결에 숨결 속에/너의 목소리를 느끼며 흐느끼며/나는 간다 애비야/네가 죽은 곳/부줏머리 갯가에 숭어가 뛸 때/가마니 속에서 네가 죽은 곳." (「황톳길」 전문)

문단 데뷔작인 위 시에도 그런 우투리 핏줄의 검붉은 피와 죽음의 이미지가 짙게 깔려 있다. 위 시에 대해 김 시인은 회고록에서 "내 할아버지 할머니 아버지 어머니의 운명, 그리고 나의 운명은 무엇인가?"라고 물으며 이렇게 자평하고 있다.

"비극적 예감을 강하게 안고서도, 죽임과 패배를 분명히 느끼면서도 그 피의 자리에 능동적으로 나아가 그 무자비한 죽임을 끌어안음으로써 수천 년, 수만 년 생명의 순환적 생성 질서 안으로 끌려 들어가 자취 없이 사라져 간 저 숱한 사람들의 또 하나의 내면 생성의 역사! 생명 생성의 역사! (중략)

나의 출사표로도 불리는 그 비극적인 시 「황톳길」은, 그리고 나의 민중·민족문학의 길은, 나아가 생명문학의 길은 이렇게 해서 그곳, 핏빛의 땅에서, 과거의 아픈 상처에 대한 기억과의 대면을 통해서, 직시를 통해서 어렵게 어렵게 탄생했다." 우투리 반골 기질의 집안 내력과 핏빛 황토의 남도땅이 그의 삶과 시와 사상의 뿌리가 되었다는 것을 실토하고 있다.

1953년 초등학교를 졸업하고 목포중학교에 입학했다. 그해 7월 27일 휴전이 되자 아버지가 강원도 원주에 있는 전진극장 영사 주임으로 취직해 정착하자 겨울에 가족이 모두 원주로 이사했다. 김 시인은 이듬해 3월 원주중학교 2학년으로 편입했다.

학교 생활과 공부에 집중하는 대신 아버지 극장에서 많은 영화를 보았는데 이는 후에 연극과 마당극 등 문화운동을 펼치는 계기가 되었다. 중학교를 졸업할 때 공로상 부상으로 받은 『미학개론』이란 책 한 권이 대학 진학 때 미학과를 지망하는 계기가 되기도 했다.

원주중학교를 졸업하고 1956년 서울 중동고등학교에 입학했다. 민족주의가 강하게 밴 중동고는 일제강점기에 항일 투사를 많이 배출했다. 특히 체육 교육에 중점을 둔 학교로 유명하다.

그런 교풍에 따라 입학하자마자 운동을 너무 열심히 하다 늑막염에 걸려 휴학하고 두 달 동안 원주 집에서 요양해야 했다. 이때 늑막염은 후에 폐렴, 폐결핵으로 발전되었는데 김 시인은 이 때문에 내내 시달렸다. 늑막염을 앓고 나선 코피를 흘려가면서까지 공부에 몰두했다.

문예반에 들어가 활동하며 1학년 때는 국어 선생한테 문학 수업을 본격적으로 받았고, 2학년 때는 영어 선생에게 영미 시를 원서로 공부하고 감상했다. 백일장과 낭독회에도 참가하여 시를 창작, 발표하고 입선하기도 했다.

1959년 중동고등학교를 졸업한 김 시인은 서울대 미학과에 입학했다. 그림에 소질이 있어 회화과 등에 입학하려 했으나 가족의 만류로 그림도 접하며 교수가 되기 위한 절충으로 미학과를 택한 것이다. 입학하자마자 장욱진 화백한테서 데생을, 서예가 김충현한테서 난초 치는 법도 배웠다.

연극회에 들어가 부지런히 활동하며 연극에 출연하기도 했다. 2학년 때인 1960년 4.19혁명이 발발하고 농성 시위에 참가한 학교 선배들이 퇴학당하자 이에 항의해 휴학했다. 이 시기에 그는 미학의 기초와 이론의 습득을 위해 독서하면서 교양을 폭넓게 쌓아 나갔다.

마르크스에서부터 최제우, 단군에서부터 석가 공자 노자, 예수, 레닌에서부터 농촌 사회주의, 정지용에서부터 임화 김기림 서정주, 발레리에서부터 브레히트 에세닌, 샹송과 재즈에서 판소리, 민요 등 제반 분야에 폭넓은 관심을 가지며 김 시인 특유의 동서고금이 통하는 미학과 사상의 기초를 쌓기 시작했다. 원주에서 여운형과 조봉암의 제자로 혁신계 정당인 사회대중당을 이끈 무위당 장일순을 만나 정신적 스승으로 계속 모시게 된다.

"나는 아직 나설 때가 아니다. 그러나 참가해야 한다.

조직을 통해서가 아니라 내 온몸의 감각으로 혼자서 천천히 조금씩 참가해야 한다. 내 온몸의 감각! 그것은 문화와 예술을 통해서일 것이다."

4.19혁명이 발발하자 원주 집에서 이불 보따리를 싸 들고 서울 하숙집으로 가면서 시위대를 보며 각성한 바를 그대로 회고한 대목이다. 생래적으로 조직을 싫어해 어느 조직에도 자진해 가담하지 않았던 김 시인이 조직이나 지도자, 지도 이념 없는 문화예술적인 대중적 운동을 모색하기 시작한 것이다.

1963년 5월 김 시인은 '지하之夏'라는 필명으로 동숭동 서울 문리대 앞에 있는 학림다방에서 시화전을 열었다. 시와 글씨와 그림, 시서화詩書畵를 동시에 보여주는 게 시화다. "그림의 느낌을 주는 글씨로 시를 쓰고, 그 시의 이미지를 그림과 채색으로 형상화하는 통합적 미의식의 개척이 다방에서 몇 차례 열었던 시화전의 취지이며 의미였다"라고 김 시인은 회고했다.

시화전과 함께 대학신문에 시와 미학 평론 등도 발표하고 연극 활동도 하던 김 시인은 우리문화연구회에 비공식 회원으로 참여해 민요, 판소리, 탈춤, 무속 등 우리 전통 민예에 관심을 기울이며 이후 시와 미학과 사상의 젖줄이 되게 한다. 특히 같은 학우였으며 한국문학과 예술과 사상을 독자적으로 연구해가며 세계화한 조동일로부터 많은 영향을 받았다.

우리 문화예술계는 4.19혁명의 주역이었던 대학생들, 소위 '4.19세대'에 의해 몇 갈래로 갈라져 재편된다. 리얼리즘 현실주의에 입각한 『창작과비평』과 지성과 자유주의에 입각한 『문학과지성』 계열이 대표적으로 그 1, 2차 계열에 속한다.

이 계열들은 우리의 전통은 아랑곳없이 서구의 지성과 사상에 근거하고 있다. 그에 반해 우리의 전통 사상과 문화예술에서 새로운 미학을 탐구해 현대 문화예술의 대중성을 모색한 계열이 4.19세대의 제3 계열이다.

"제3의 방향이라고 했던 조동일 김지하가 어느 쪽으로 집중했던가. 물론 예술에 있어서는 판소리, 탈춤, 민요, 무가, 정가, 가사류들, 풍물 그리고 가장 중요한 게 민화, 석화, 진경산수 이런 쪽이지. 그러나 학문적으로는 기氣철학과 역학易學, 최수운이라고."

문학평론가 홍용희 씨가 김 시인과 몇 차례 대담을 한 내용을 정리해 김 시인의 사후에 펴낸 『김지하 마지막 대담』에 실려 있는, 김 시인이 당시를 회고한 대목이다. 우리 전통예술에 관심을 가지면서 사상은 유교, 도교, 불교는 물론 기독교까지 섭렵·통합한 동학의 창시자 최제우와 유교 바탕 위에 서양의 경험 철학과 과학이론을 받아들인 조선 후기 실학자 최한기도 섭렵할 정도로 우리 것에서 새로운 것을 찾고자 했다고 밝히고 있다.

이렇게 김 시인은 대학 시절부터 서구이론을 바탕으로 파당적으로 모인 4.19세대 제 1, 2의 길을 걷지 않고 우리 것을 바탕으로 새로운 혁명적 변혁을 모색한 제3의 길을 외롭게 끝까지 걸었다. 그런 김 시인이 앞에서 살폈듯 박정희 군부정권이 제3공화국을 출범시키고 한일회담을 열자 대일 굴욕 외교 반대 투쟁에 앞장서고 체포·투옥되면서 민주화운동의 상징으로 각인된 것이다.

"일 년 반 넘게 그 흔해 빠진 '이스라엘 무협지(성경을 가리키는 도둑님들의 은어)'마저 주지 않는 데다 접견도 금지, 통방도 금지, 운동도 금지, 금지, 또 금지여서 할 수 없이 낮에는 3부로 나누어 시간을 죽였다.

제1부는 아침부터 열두 시까지 '민족통일 문제 구상', 제2부는 열두 시부터 네 시까지 이십 대에 『청맥』 부탁으로 쓰려다가 중단한 동학혁명 서사시를 구상하고 잊기 쉬운 뼈대들을 나만 아는 암호로 흰 벽 위에 젓가락 갈아 만든 대꼬챙이로 긁어서 표시하는 집필 시간으로, 그리고 제3부는 저녁밥 먹고 나서 다섯 시부터 취침 때까지 서정시와 현대 한국의 '반골열전反骨列傳'을 머릿속으로 쓰거나 아니면 추억하거나, 아니면 비판하거나, 아니면 그냥 멍청히 앉아 있거나, 아니면 귀를 기울여 창밖에서 오가는 도둑님들 통방 내용으로 미루어 도둑님들의 삶에 관한 내 스타일의 '율리시즈'를 구상하거나, 아니면 그것도 하지 않거나…… 뭐, 그랬다. 이것이 나의 근 일 년 반 동안 대강의 일과였다."

옥중에서 쓴 글이 소위 '양심선언'이란 문건으로 밖으로 유출되어 항쟁의 도화선이 되자 접견을 포함해서 모든 게 금지된 독방 생활을 회고하고 있는 대목이다. 일종의

자서전으로 읽힐 수 있는 회고록『흰 그늘의 길』에는 옥중 생활도 상당 부분 차지하고 있다.

그만큼 김 시인의 삶에서 투옥과 옥중 생활은 중요한 의미를 지니기 때문이다. 위의 회고처럼 옥중에서도 민족의 좀 더 나은 앞날은 물론 그를 위한 작품들도 끊임없이 구상했기 때문이다. 민주화 운동사 측면에서는 옥에 갇힌 김 시인이 민주화운동을 가열차게 펼칠 수 있는 상징적 구심이 되었기 때문이다.

"성경! 그 '이스라엘 무협지'가 허가되어 들어오는 날 나는 재판이 곧 열리리라는 것을 직감했다. 그래서 읽고 또 읽었다. 강호의 영웅 소식인 듯, 소림사의 무술 연단 하듯, 배고픈 놈이 밥 찾듯이, 목마른 놈이 물 찾듯이 그렇게 맛있게 맛있게 성경을 먹고 또 먹었다. 불과 몇 달 안에 세 번, 네 번씩 읽어 주요 부분은 거의 외우다시피 했다. 하기사 읽을거리라곤 달랑 그것뿐이었으니까. (중략)

성경도 성경이려니와 아무것도 곁에 없는 감옥의 공空, 무無, 허虛야말로 그 결과가 어떻든 간에 무서운 창조자임을 뼈저리게, 사무치게 알 수 있었다."

아무도, 아무것도 없는 독방 감옥의 무無야말로 창조자임을 실감하고 있는 대목이다. 이것을 김 시인은 '활동하는 무'라 말하고 있다. 달랑 허용된 성경 한 권을 읽으며 이스라엘의 성경이 우리의, 동양의 지혜와 상통하고 있다는 것도 깨달았다. 그래 동서고금의 지혜가 서로 통섭, 융합하고 있음을 실감하며 배고픈 놈 밥 먹듯이 맛있게 먹고 동서고금의 지혜를 소화하며 자신만의 미학과 사상을 감옥에서 구축해 나가기 시작한 것이다.

"온종일 식구통을 바라보는 날들이 계속되었다. 식구통만이 늘 열려 있어 새카만 속에서 네모난 하얀 외줄기 빛이 쏟아져 들어오고 있었다.

그 무렵에 하루는 문득 '우주에로 뻗어가는 외줄기 하얀 길, 나의 운명'이라는 말이 떠오르고, 십여 년 전 4월 혁명 직후 한밤중에 수원 농대 앞길에서 체험한 그 끝없는 흰 길의 환영이 다시금 떠올랐다.

그것이 무엇을 의미하는지 나는 알 수 없었다. 그러나 그것이 무언가 나의 피할 수 없는 운명과 직결되는 것임에는 틀림이 없는 것 같았다."

영등포 교도소 0.78평의 폐쇄된 독방에서 무기징역이 시작될 때의 심회를 밝히고 있는 대목이다. 캄캄한 먹방에 밥그릇 하나 들어오고 나가는 식구통으로 들어오는 빛에서 회고록의 제목이 된 '흰 그늘의 길'을 온몸으로 감지하고 있다. 자신의 삶과 시와 사상의 요체랄 수 있는 '흰 그늘'이 무언지 알아내려 감옥에서 공부하고 또 공부했다.

"책이 들어오기 시작했다. 진정한 내 공부의 시작이었다. 동서양의 수많은 책을 읽었다. 그 길고 긴 시간, 나는 그저 책 읽는 것밖에 할 일이 없는 듯싶다. 지금의 나의 지식은 거의가 그 무렵의 수많은 독서의 결과다."

책 반입이 허용되자 지인들에게 부탁해 들어온 동서고금의 책들을 부지런히 읽었다. 특히 집중해 읽고 공부한 것은 첫째가 생태학 스케치, 둘째가 선불교, 셋째가 테야르 드 샤르댕의 사상, 넷째가 동학이라 회고하고 있다.

"어느 빛 밝은 아침, 뻘겋게 녹슨 창살 사이에 흰 햇빛이 오묘한 느낌으로 비끼는 것을 바라보며 내 넋이 이미 서학과 동학을 탁월한 과학적 새 차원에서 통전하되 동학 쪽에 시중적時中的인 중심이 더 가 있는 '기우뚱한 균형'

을 실현하고 있음을 발견하고 스스로 깜짝 놀랐다.

그날 이후 나 자신이 천도교가 아닌 원동학原東學, 내 증조부와 조부의 그 옛 동학에 들어가 있음을, 아니 테야르 드 샤르댕의 고생물학과 최신 진화론의 과학, 서양 과학과 동양 역학의 새로운 창조적 통합, 그리고 사회생태학과 선불교를 아우른 신동학新東學으로 나아가고 있음을 놀라서, 놀라서 바라보며 몇 날 몇 밤을 흥분 속에서 보냈는지 모른다. 나는 이론적으로 다시 태어난 것이다. 그것이 바로 '모심의 철학'이었다."

그렇게 책들을 부지런히 읽으며 깨달음을 감격적으로 전하고 있는 대목이다. '모심'이야말로 삶, 사람, 살림, 생존, 동양식의 생생화화生生化化와 서양식 진화의 핵심이라고.

그러나 그러한 독서만으로는 영적인 깊이와 생명과 평화의 새로운 사회로 나아가기 위한 지혜와 사상을 얻기 어려워 명상에도 들어갔다. 아래의 시는 감옥에서 참선과 요가를 하며 나온 「물구나무」의 전문이다.

"감옥이라도/하늘만은 막지 못해/밤마다 두견새 와

서 울고/시간이 무너진 자리/귀틀상자에도 봄이 와/하얀 민들레씨 가득히 날아든단다/사람이 그만 못하랴/이 봄엔 물구나무를 서겠다/몇 차례고 어디서고/빼앗긴 봄날엔 웃어 물구나무를 서겠다/지구를 받쳐들고/두견새 소리 맞춰 굿거리장단으로/창공에서 한바탕 발춤 추어볼란다/구경 오너라/애린/웃지는 말고 애린/오늘 밤 나는 화성에서 잔다."

선禪이란 기존의 앎을 모두 버리고 물구나무서서 거꾸로 세상을 본래 그대로 단순하게 바라보는 것 아니겠는가. 나아가 지구를 들어 올리듯 이 세상과 삼라만상을 제대로 편안하게 받드는 것 아니겠는가.

김 시인은 참선을 하며 자신의 내면을 제대로 체득하고 나아가 더 나은 세상을 향한 방안을 내밀하게 모색해 나갔다. 그러한 자신을 명상가이자 혁명가인 '요기-샤르'라고 불렀다.

위 시에는 초기의 숙명적이고도 남성적인 격렬한 혁명시에서 부드럽고 여성적인 서정시로 바뀌는 계기가 된 '애린'이 나오고 있다. 아울러 감옥 귀틀상자에도 봄이 와 생명을 일구는 '생명'이 잉태되고 있다. 이렇게 지하는 자신의 봄, 청춘을 앗아간 감옥 생활을 하면서 총체적인 공부와 참선을 통해 기존의 투쟁과는 전혀 다른 새로운 전환, 생명과 모심의 패러다임으로 중심 이동을 시작한다.

4. 흰 그늘의 길-출옥에서 죽음까지

1980년 5.18광주민주화운동을 총칼로 무참히 도륙한 전두환은 8월 통일주체국민회의에서 제11대 대통령으로 선출됐다. 그해 12월 12일 빗발치는 국내외 석방 요구에 "새 시대 민주국가 건설에 동참할 수 있는 기회를 부여한다"라는 허울 좋은 명분으로 김 시인을 형집행정지로 풀어줬다.

"전라도의 한恨은 어제 오늘의 일이 아니다. 전라도의 한은 이 민족 전체의 한을 압축한다. 이것은 복수나 단순한 해원解冤으로 해결되는 것이 아니고 전라도 사람과 민족, 민중이 주축이 되어 참다운 이상사회, 새로운 통일사회를 건설하는 것만이 그 한을 진정으로 푸는 길이

다. (중략)

동학 등 전라도의 항쟁사가 현대에 갖는 참다운 의미를 생각할 때다. 전라도 민중의 내면적 한의 생성을 생각해야 한다. 단순한 복수나 해소만으로는 절대 안 된다. 그것, 그것을 위해 이제 나는 방향을 바꾼다. 전혀 새로운 길을 떠난다. 그 누구도 비난할 수 없고 가로막지도 못할 것이다."

감옥에서 교도관으로부터 광주의 5월에 대해 전해 듣고 피가 끓어올라 며칠째 잠도 못 이루고 나서 각성하게 된 것을 회고하고 있는 대목이다. 이제 누가 욕하더라도 투쟁의 방향을 바꿔 전혀 새로운 길을 떠나려는 이유와 각오가 선연하다.

투옥 5년 9개월 만에 석방된 김 시인은 새벽부터 출옥을 기다리던 지학순 주교의 차를 타고 원주 자택으로 돌아왔다. 그때의 심경을 다음과 같이 시적으로 드러냈다. "육 년 만에 디뎌보는 대청 아래 댓돌에는/아버지가 울며 새기셨다는 내 재구속 날짜/'1975년 3월 13일'/육 년 만에 올라서는 대청 위 흰 벽에는/선생님이 주역에서 끌어 쓰신 글씨 한 폭/'하늘과 산은 몸을 감춘다'//산아/숱한 네 깊은 골짜기/네 바위도듬 등성이며 봉우리들/한결같이 흰 눈 덮어/눈부신 치악산아"

출옥 이후에는 감옥보다도 더 감시가 심했다. 집 앞에는 늘 기관의 검은색 지프가 서 있었다. 성당과 사무실이며 다방과 술집 등 김 시인이 있는 곳이라면 그 어디든지 감시 안테나가 서 있어 일거수일투족이 낱낱이 보고되었다.

그런 삼엄한 감시에도 불구하고 많은 사람이 서울 등 전국 각지에서 원주 김 시인 자택을 찾았다. 주로 민주화운동 관련 인사, 종교계 인사, 대학 운동권 간부들이었다. 거의 매일 찾아드는 그들에게 밥과 술을 내놓느라 아내는 눈코 뜰 새 없었다.

그들은 김 시인에게 5공화국에 저항하는 세력의 지도자가 되달라고 한결같이 요구했다. 그렇게 투쟁하다 또 감옥에 갈 것을 요구하기도 했다. 감옥에 갇혀 있을 때 김 시인은 이미 민주화운동 투쟁의 아이콘으로 그들을 이끌고 있었던 것이다. 그런 그들에게 출옥할 때의 결심을 밝히며 생명과 살림 운동의 새로운 길을 개척해야 한다고 타이르곤 했다.

원주 토박이로 활발하게 민주화운동과 시민운동을 펼치고 있던, 서화가이자 사상가인 장일순에게 묵란도 배우고 동양 사상도 깊이 있게 파고들었다. 동학을 소재로 한 '대설大說' 시집 『남南』을 펴내며 동학의 교주 수운과 해월, 그리고 강증산의 민중 사상을 깊이 있게, 독자적으로 연구해 들어가며 알리기 시작했다.

1984년 '밥이 곧 하늘이다'로 압축되는 민중 생명 사상에 대한 이야기 모음집 『밥』을 펴냈다. 『밥』에서 너와 나, 천당과 지옥 등 이분법의 악순환이 압도하는 역사를 넘어서 단절과 대립이 일원론적으로 통일된 세계, 평화·대동·통일·자유·평등·사랑의 후천 개벽 세상으로 나아가고자 했다.

그런 공부의 연장선상에서 1984년 12월 '김지하 사상기행'을 시작했다. 서울 종로의 유서 깊은 명소였던 운당여관에서 출발해 한국 사상의 모태인 계룡산, 모악산과 수운이 칼노래를 부르며 춤을 춘 남원 교룡산성 일대 등 전국을 두루 답사했다.

1985년 한국작가회의 전신인 자유실천문인협의회가 명동성당에서 주최한 민족문학의 밤 행사에서 김 시인은 특별 강연을 했다. 그 강연에서 "민중의 삶이 민중문학의 주체이며, 민중의 삶을 '죽임'의 이념 선전과 그 집행에 활용하는 모든 언어 형식은 반민중문학적"이라고 일갈했다. 그런 생명과 살림 운동의 연장선상에서 1991년 '죽음의 굿판 당장 걷어치워라'라는 칼럼을 썼던 것이다.

"한여름, 햇볕은 너무 뜨거워 무지갯빛을 띠었고 풀들은 너무 시퍼레서 차라리 자줏빛을 띠었다. 낮에는 아내와 아이들과 함께 밥과 김치를 싸가지고 들판으로, 연못으로, 가까이 있는 바다로 마구 놀러다녔고, 밤이면 단군전 앞 잔디밭에서 풀모기에 뜯기며 튀김 닭을 먹거나 소주를 마셨다.

아아! 그 한 시절의 이름을 나는 감히 '행복'이라고 부른다."

사상 기행을 하고 해남을 오가던 김 시인은 1985년 가족들을 데리고 해남으로 내려갔다. 고향에 내려가 살고 싶은 꿈을 목포 대신 인근 해남에서 이룬 것이다. 생애 처음으로 아내와 어린 아들 둘과 살갑게 어우러지며 '행복'을 실감하고 있는 회고록 한 대목이다.

그러나 이렇게 고향에서 온 가족이 함께 행복하게 보낸 기간도 3년가량에 불과했다. 김 시인은 아내의 대학 강의와 두 아들의 교육을 위해 서울 목동으로 이사했다. 감옥의 벽면증에서 비롯되어 '죽음의 굿판 당장 걷어치워라' 칼럼에 대한 운동권의 비판으로 더욱 악화되어 가는 정신 이상 증상을 큰 병원에서 치유하기 위해서이기도 했다.

"나는 그야말로 이 세상에 한 톨 좁쌀처럼 외로운 처지가 되었다. 가까운 벗들, 아우들도 모두 멀어졌고 신문, 잡지, 방송도 남의 일이었다. 그러나 그 외로움 속에서 꽃과 벌, 공원 모래 마당과 발 벗은 아기의 분홍빛 살결이 보이고, 아아, 그런 것인가? 그렇게 내면이 해맑아졌으니 더욱 복잡하고 넓은 우정이 다시금 아니 생길 도리가 있겠는가?"

목동의 파리공원을 산책하며 든 심경을 솔직히 토로한 대목이다. 동지들과 벗들이 '변절자'라 비판하며 떠나갔다. 그런 김 시인을 언론 매체들도 이제 멀리했던 것이다. 그런 홀로됨, 고독이 김 시인이 자신 내면의 울림을 들으며 시 작품과 사상을 더욱 심화하는 계기가 되게 했다는 것도 엿볼 수 있는 대목이다.

1990년대 들어오며 생명 사상의 확대와 민중적 실천을 위한 '한살림모임'의 창립을 주도했다. 농민운동이 정치적으로 변질되어 농민은 없고 운동가가 남은 현실을 개탄하며 농촌과 농민과 국민 모두를 살리기 위해 농촌 생산자와 도시 소비자를 유기 농산물로 건강하게 연결하는 공동체의 장을 열려 한 것이다.

"일산 새 집 들어/빈방에/흰빛 난다//진종일 눈부시고/매미 소리 뼈만 남고//어둠 속 붉었던/살/자취 없다//먼 강물/핏속에 흐르나/나 이제 벌판에서 죽으리//흩어져/한 줌/흙으로 붉은 빛."

1994년 목동에서 경기도 일산으로 이사했다. 그때 쓴 시 「일산 시첩 1」 전문이다. 신도시로서의 면모가 조금씩 갖춰질 때 들어간 일산은 눈부신 갈대밭 공터며 콩밭, 해바라기밭이 많이 남아 있어 무공해 햇살이 눈부셨다. 한

강 하류의 드넓은 흐름 넘어 김포평야가 멀리 드넓게 펼쳐졌다. 그런 일산에서 김 시인은 자신만의 삶과 예술 철학인 눈부신 '흰 그늘의 미학'을 완성해간다. 난초도 치고 매화도 그려가며.

그러면서 1994년에는 생명 가치를 찾는 민초의 모임인 '생명민회'를 결성했다. 생명 문화 운동과 지역의 풀뿌리 민주주의 운동을 연결하고 동북아시아와 세계의 환경, 생활 협동, 유기농 등 시민 생명운동을 그물코처럼 네트워크화하기 위해서다.

1996년 정초에는 생명운동을 확산시키고 우리 사회의 신바람을 불어넣기 위해 '신풍류회의'를 결성했다. 같은 취지로 1999년에는 문화예술인과 학자 등 2백여 명이 참여한 가운데 '율려학회' 창립대회가 열렸는데 회장으로 추대되었다.

우주 삼라만상 운항의 순리요, 음악인 율려律呂야말로 유불선儒佛仙 및 기독교를 본래부터 포함하고 있는 우리 민족 고유의 풍류도가 수리적·역학적으로 종합된 것이란 연구와 실감에 의해서다. 이러한 풍류와 율려는 시적 체험에 의해 시인 특유의 흰 그늘의 미학의 실감으로 연결된다.

"어느 날 중앙일보 문화면 톱, 초호初號 활자다.

'전쟁 터지다!'

그보다 조금 작은 활자다.

'한국과 중국의 필사적 세계관 전쟁, 탁록涿鹿 대전 발발하다.'

그보다 조금 더 작은 활자다.

'유목과 농경의 문명 통합을 지향하는 한국의 고조선족 치우蚩尤와 유목을 청산하고 농경 일변도로 혁신하려는 중국의 화하족華夏族 황제黃帝 사이의 74회에 걸친 대전쟁 드디어 개막되다.'

동북아시아 상고대의 신화와 역사에서 현대적 의미를 탐구하려는 우리의 중앙일보 문화운동 '신시神市' 기획은 이렇게 첫 활자를 뽑기로 작정하고 있었다.

신시 연구가 김영래, 상고대 사학자 박희준, 이대 박물관 학예실장인 고고학자 나선화, 현대철학자 이정우 씨와 동서양 철학을 통합하려는 김상일 선생과 나, 그리고 중앙일보 측에서는 당시 문화부장이던 이근성 씨와 지금의 문화전문기자 이경철 씨 등이 참가하여 십수 회의 연구 모임을 가졌다."

한 세기가 다음 세기로 넘어가는 밀레니엄 교체기였던 1999년에 진행되었던 '중앙일보 문화운동 신시 기획'을 힘주어 회고하고 있는 대목이다. 위에 보이듯 필자도 그 기획에 실무자로 관여해 그날그날의 토론과 연구를 정리해 나갔다. 그리고 2000년 1월 1일 자로 문화면이 아니라 1면 톱 초호로 뽑기로 했다. 그러나 그 야심 찬 기획은 이런저런 사정으로 끝내 실행되지 못해 못내 아쉽다.

"아깝다! 다만 훗날 다른 기회에 더욱 훌륭한 기획으로 다시 살려볼 꿈만은 버리지 않고 있었으니, 그것은 나의 동이적 상상력의 여러 원천 중의 하나였으니. 아아! 붉은 악마들이 한국 축구대표팀과 그 응원단의 월드컵 로고로 새빨간 치우를 그려 넣은 것을 텔레비전으로 보고 들었을 때 나의 놀라움, 나의 기쁨, 나의 감동과 나의 새로운 기획 의지의 용솟음이 어떠했겠는가! 이것이 어디 나만의 일이던가?"

이처럼 김 시인도 신시 기획을 몹시 아깝게 여기고 있었다. 기획의 첫 주인공인 치우가 2002년 월드컵 축구에서 온 민족이 열광하는 가운데 민족의 용맹과 자존으로 부활했기에 그 아쉬움은 더 컸을 것이다. 그 신시 기획을 계기로 김 시인은 상고대 우리 민족 동아시아 지배자 동이東夷족 상상력을 원천으로 동방 르네상스를 위한 연구와 운동을 더 해갔다.

2001년에는 평화와 상생을 위한 '삼남민족 네트워크'를 남원 은적암에서 결성했다. 은적암은 동학 교주 최수운이 경상도 경주에서 피신해와 한동안 머물며 전라도, 충청도의 혁명적 조직인 남접을 최초로 조직한 곳이다. 동학이야말로 마고성으로부터 신시 배달, 고조선으로 이어지는 상고대 동이 사상의 부활로 본 김 시인이 그곳에 머물며 삼남 지방에서 모여든 민족주의자와 불자와 크리스천과 동학꾼과 동이꾼들을 격의 없이 묶어 개천절에 결성한 것이다.

"온종일 난초/허리는 굽고 다리는 펼 수 없고/눈은 차차 침침해지는데/온종일 난초 또 난초//가슴속 위아래 좌우 함부로 불던/바람도 그쳐 이젠 기척 없고/노을 무렵 이우고/잎새도 마저 자취 없고/땅에 기울어 시드는 꽃대/오월 가까운 초저녁 꿈속을/문득 배회하는 아득한 향기/흰 종이 위에 멈춰 소리 없는 몇 방울의 먹."

온종일 난초를 치면서 잡다한 마음 다 가라앉고 맑아져 가는 혼과 기를 사실적이면서 서정적으로 그리고 있는 시「그 소, 애린」전문이다. 김 시인은 서울대 미학과에 입학해 기초과목으로 사군자四君子[매란국죽(梅蘭菊竹)]를 배웠다. 그러다 '먹참선', '기 수련'으로서의 사군자는 출옥 후 원주에서 장일순에게 배웠다. 종일, 밤새워 난을 치며 감옥에서 다친 심신을 수련해 어느 경지에 이르자 그렇게 친 난들을 찾아온 후배들에게 참 많이도 나눠줬다.

그런 난치기 화업畫業을 20년 남짓하게 한 때인 2001년 서울 인사동의 학고재 화랑에서 '미美의 여정, 김지하 묵란전' 전시회를 열었다. 학전의 김민기, 고서 감정가 김영복, 국악 작곡가 김영동 등 후배들이 김 시인의 회갑을 맞아 전시회를 열자고 강권한 것이다. 전시회는 성황이었다. 전시 작품이 세 차례나 교체되며 80여 점의 작품이 팔려 나갔다.

"나는 난초를 '그리지' 않는다. '친다'. '침'은 '그림'과 달리 몸으로 보자면 일종의 '기운 갈이'다. 땅인 왼손은 방바닥을 짚고 하늘인 오른손은 허공에 자유자재로 놔두어 사람인 몸과 마음의 중심 기운이 종이의 공간 위에 '신중'하고 '진득'하면서도 '가볍고' '날렵하게' 순간순간 뻗어나가게 하는 것이 바로 치는 것이다. 그래서 '난 치기'가 일종의 기氣 수련이 되는 것이니 '사군자'라 이름하고 '먹참선'이라 높여 부르는 까닭이 여기에 있다."

그렇게 기 수련, 먹참선으로서의 난초를 계속 쳐오다 2014년 인사동 선화랑에서 작품전을 열었다. 후배들 기획으로 연 전시회는 난초뿐 아니라 매화, 달마, 산수화, 그리고 화사한 채색 모란도 등으로 다채롭게 꾸며졌다. 미술사가이자 평론가인 유홍준 씨는 "김지하는 위대한 시인이자 동시에 위대한 현대 문인화가였다"라고 하면서 김 시인의 그림과 글씨를 높이 샀다.

2002년에는 정지용문학상, 만해문학상, 대산문학상을

연거푸 받았다. 보수와 진보로 갈린 순수, 서정문학 쪽과 현실 참여 문학 쪽에서 주는 상을 아울러 받으며 김 시인은 자신의 삶과 시와 미학과 사상의 본질인 '흰 그늘'에 대해 이렇게 말했다.

"'흰 그늘'은 도무지 무엇일까요? 그것은 모순이면서 통합입니다. 만해 스님의 그 '님'이 아픔이자 기쁨이고 '모심'이자 '살림'이듯이, '흰 그늘'은 '소롯한 예절'이면서 '힘찬 생명력'입니다. 그것은 세계의 우주로 열리는 고요한 삶의 '화개花開'이면서, 동시에 세계와 우주 자체의 혁명적 '대역사'입니다."

그러면서 "컴컴한 고통의 흔적이 없는 초월성은 공허하며, 우리 민족의 빛이기도 한 신성한 흰빛과 결합하지 않는 어두운 고통만의 예술은 맹목입니다"라고 공허한 순수, 서정과 맹목의 현실 참여를 동시에 비판하며 '흰 그늘'로 그 융합과 통합을 모색해 나갔다.

동서고금은 물론 서로 분열된 것들을 우리 고유의 동이적 사상과 상상력으로 융합, 통합해가며 새로운 길을 열고자 공부한 덕분에 많은 대학의 강단에 설 수 있었다.

2001년 명지대를 시작으로 한국예술종합학교, 영남대, 동국대, 원광대, 건국대 강단에서 석좌교수로 강의했다.

2008년 장모인 박경리가 타계하고 아내가 원주에 있는 토지문화관 일을 관장해야만 해서 원주로 이사했다. 김 시인도 난을 치며 자신의 사상과 시의 심화를 위해 기꺼이 시끄러운 도회의 삶을 정리하고 제2의 고향이나 다름없는 원주로 간 것이다.

"아내가/문화관에 출근하며/멀리서/소리 지른다./ '나 가요 오—'//내가 대답했다./'네에, 안녕히 다녀오세요'//더/할 말 없다./하늘이 태양이 눈부시다.//그것/또한/화안한 보름달!"

그때 원주에서의 삶이 그대로 묻어나는 시 「흐린 유리 9」 전문이다. 아무런 꾸밈없이 그저 편안하고 환한 시다. 그렇게 아내를 모셔가며 남성이 아니라 여성이 중심에 서서 서로서로 모시고 살리는 후천개벽시대 '모심'의 사상을 실천해가며 살았다.

그런 삶과 사상의 연장선상에서 2012년 새누리당 대선 후보 박근혜를 지지했다. 김 시인은 "무엇보다 이 시절이 여성의 시대다. 여성 리더십이 필요한 시대다"라며 여성 대통령론을 내세웠다.

"선거 유세 중에 박근혜 후보가 나를 찾아온다고 할 때 나한테 오기 전에 원주 부론성지에 있는 지학순 주교 묘지를 반드시 먼저 찾아뵙고 오라고 했어요. 신부님을 동반해서. 그리고 거기서 유신체제 같은 길은 절대 가지 않겠다는 말을 신부님 앞에 선언하라고 했어요. 아버지 박정희 길이 아니라 육영수 같은 어머니의 길을 가라고 한 것이지. 일정이 바빠서 어렵다는 말이 들어와. 그럼 내게 오지 말라고 했지. 그날 아침까지도 그랬어요. 결국 내 요구 조건을 다 실행했어. 그래 만났지. 21세기는 문화적 대변혁의 시대이니, 그에 상응하는 문화정책이 중요하다는 것을 당부했어요. (중략)

이제 나는 다시는 정치 얘기 안 할거요. 난이나 치고, 그림에만 몰두할 생각이야."

2017년 원주로 찾아온 홍용희 씨와의 대담에서 토로한 말이다. 박근혜를 지지 하는 이유와 그로 인해 진보 진영으로부터 다시금 변절자로 낙인찍힌 심경이 그대로 드러나는 대목이다.

박근혜가 집권한 지 3년여 만에 최순실의 국정농단 등으로 2016년에 광화문광장을 비롯해 전국 각지에 촛불이 모이며 민심이 들불처럼 타올랐다. 결국 박근혜 대통령은 탄핵당하고 감옥에 갇혔다.

"촛불은 무엇인가? 그것은 한마디로 경건하고 고즈넉한 '모심(侍)'입니다. 어둠으로부터 솟아오르는 초월적 중력의 표현입니다. 하늘의 도(天道)는 내리고, 동시에 땅의 도(地道)는 오르는 것이며, 위로는 진리를 구하고 아래로는 중생을 해방하는 것(上求菩提 下化衆生)입니다. 혁명이 아니라 우주를 여는 것, 마음을 여는 개벽입니다"

당시의 타오르는 촛불을 보고 김 시인이 대담에서 밝힌 촛불에 대한 정의다. 그윽하고도 깊은 우주 운항의 도로서의 모심의 사상이 위 촛불 정의에서도 드러나고 있다. 그런 촛불에서 우리 상고대 직접민주주의 '화백和白'을 봐내고 동방르네상스를 예감하고 있다.

2019년 김영주 토지문화재단 이사장이 73세로 타계했다. 말년에 그렇게 고이 모시려던 아내가 먼저 가자 김 시인도 앓다 암을 진단받아 1년 남짓 투병하다 2022년 5월 8일 81세로 원주 자택에서 별세했다. 정부는 김 시인에게 최고 영예인 금관문화훈장을 추서했다.

"시인이자 미학자로서 「오적」, 「타는 목마름으로」 등을 발표하며 민주화운동을 하였고, 생명 사상을 정립하고, 전통문화를 계승한 새로운 민족문화를 다룬 미학 이론을 발표하는 등 한국문학 발전에 기여했다"라는 이유에서다.

2 장

시 -
어둠 속에서 배어나는 생명의 빛살

솔직한 것이 좋다만
그저 좋은 것만도 아닌 것이

시란 어둠을
어둠대로 쓰면서 어둠을
수정하는 것

쓰면서
저도 몰래 햇살을 이끄는 일.

-「속·3」 전문

1. 큰 배포와 예쁜 마음씨, 전라도 사투리와 비장한 서정

목포중 1학년 어느 날 유달산에 오른 김 시인은 공중화장실에서 시 형식의 낙서를 보고 강하게 이끌려 난생처음 시를 써보았다. 이후 당시 유행하던 대중소설을 탐독하며 문학에 관심을 갖게 됐다.

여름방학 무렵 의무적으로 쓴 수필이 교지에 실렸다. 그걸 읽은 외할아버지가 "큰 배포에 예쁜 마음씨가 항상 같이 있어야 글이란 게 되는 거란다. 사람을 대하는 태도하고 같은 것이지"라고 글 쓰는 마음 자세를 일러줬다.

외갓집에는 『시정신』이란 사화집詞華集이 늘 증정돼 왔다. 그걸 읽으며 서정주, 신석초, 신석정, 김현승 등 당대를 대표하는 시인들의 시를 보고 시인들 이름도 알게 됐다. 특히 외할아버지와 친분이 있어 증정해온 수필가 조희관의 수필집『철없는 사람』을 읽고 우리 토박이말과 전라도 사투리의 미묘한 매력에 빠져들었다.

목포 항도여중 음악 선생인 이모한테 '부용산'이란 노래도 배웠다. 이름 알려지지 않은 월북작곡가가 지어 부른 노래로 곡조와 가사가 서정적이면서도 애가 끊어질 정도로 한스럽고 비장하다. 큰 배포와 예쁜 마음씨, 미묘한 전라도 사투리, 한스럽고 비장한 서정 등 김 시인 특유의 시 세계가 중학 1학년 시절 목포에서 배태된 것이다.

서울 중동고 1학년 때 국어 숙제로 낸 시가 하도 괴상해서 선생님 눈에 띄었다. 6.25 폐허의 잔해가 그대로인 서울의 환락과 부패, 그리고 절망에 대해 쓴 시가 당시 유행하던 모더니즘의 첨단 시편쯤으로 보인 것이다.

그래 국어 선생한테서 본격적인 문학 수업을 받았다. 당시 유명 시인들의 시집을 한 권씩 차례로 빌려주고 독후감을 받은 것이다. 2학년 때는 영어 공부를 잘해 영어 선생으로부터 또 영시 원서들을 빌려 읽었다.

"동서양과 전통, 현대 어느 한쪽에 고집하지 않고 양측을 융합하는 입장을 되도록 항시적으로 유지하도록 노력하게 된 것은 두 분 선생님의 도움"이라고 김 시인은 회고했다.

고등학교 시절 내내 문예반 활동을 했는데 시 낭독회와 백일장에 참가해 입선하기도 했다. 고3 때 창덕궁에서 열린 백일장에서 가작 입상해 교지에도 실린 시 「궁중 쿠데타」는 반역적 이미지를 초현실주의적으로 드러냈다.

"내가 신라 향가와 같은 자연과 초자연, 현실과 환상, 주관과 객관을 넘나드는 원융한 새로운 풍류문학, 우주적 율려문학에 관하여 말한 것이 최초로는 그무렵의 이미지들에 잇닿아 있는 것 아닌가"라고 김 시인은 회고했다.

대학에 들어와서는 5.16쿠데타 군사정권의 강압과 무지한 폭력에 맞서고 피해 다녀야만 했다. 학교도 휴학하고 술집과 다방에서 죽쳐야만 하는 젊음을 어찌해볼 수 없는 시절이었던 1962년과 그 이듬해에는 원주와 서울의 다방에서 시화전을 세 차례 열었다. 젊음 특유의 반항과 방황이 혼재된 시와 그림과 글씨들을 김 시인은 "모더니

즘이나 초현실주의 주변을 맴도는 온갖 잡다雜多가 뒤죽박죽으로 얼굴은 내밀었다"라고 자평했다.

1963년에는 목포문인협회에서 펴내는 『목포문학』과 서울대 대학신문에 시 1편씩을 발표했다. 7년 반이나 재학하고 있었던 서울대를 졸업하고, 폐결핵으로 2년여 병원에 입원해 있다 퇴원한 1969년, 시인으로 공식 데뷔했다.

김 시인은 공식적인 직업이나 직함에 연연하지 않았다. 기질상 어떤 조직에도 들어가지 않고 끝내 아웃사이더, 혁명적 지식인 떠돌이로 살려 했다. 시도 옛 선비들처럼 즐기며 쓰다 남아도 좋고 안 남아도 상관없는 여기餘技쯤으로 여겼다.

그러다 어느 술자리에서 "김지하가 무슨 사회적 지위가 있나?"라는 말을 듣고 모멸감과 자괴감이 엄습해 잠을 이룰 수 없었다. 그래 다음 날 같은 목포 출신으로 자신의 시를 잘 봐주고 알아주던 문학평론가 김현을 찾아가 몇 편의 시를 보여주고 등단에 대해 논의했다. 김현이 그 시편들을 시 전문지 『시인』을 창간해 의욕적으로 내놓고 있던 조태일 시인에게 보여줘 등단하게 된 것이다.

그런 '공식적인 시인'이란 직함이 있었기에 이듬해인 1970년 시사적인 화제는 물론 문학도 이끌던 『사상계』 5월호에 청탁을 받을 수 있었다. 그런 청탁에 들뜨고 신명나 며칠 만에 써서 발표한 기다란 이야기 시인 「오적」으로 일약 세계적 시인으로 발돋움할 수 있었다.

김 시인은 1970년 첫 시집 『황토』를 시작으로 2018년 마지막 시집 『흰 그늘』에 이르기까지 40종 안팎의 신작 시집과 시선집, 전집 등을 펴냈다. 내는 시집마다 문단은 물론 세간의 주목을 받으며 아시아-아프리카 작가회의 로터스 특별상, 국제시인회의 위대한 시인상, 이산문학상, 정지용문학상, 만해문학상, 대산문학상, 공초문학상, 영랑시문학상 등 국내외 문학상을 받았다.

동서고금의 문학은 크게 보면 세 가지 경향이 시대에 따라 우세를 달리하면서도 혼재해 흘러내리고 있다. 순수 서정주의와 현실주의, 그리고 기존의 흐름을 뒤엎고 새롭게 가려는 실험주의가 바로 그것이다.

해방 이후 우리 현대시사의 지형도를 살펴보면, 서정

주 시인을 중심으로 한 순수 서정파가 있고 그 반대쪽에는 김수영을 아버지로 삼은 참여와 진보의 현실주의파가 있다. 또 다른 쪽에는 김춘수를 아버지로 삼은, 그러나 제 아비도 부정해버리고 앞으로 앞으로만 나가려는 실험시파가 있다.

어느 시대든 시의 한가운데를 흐르며 시를 시답게 하는 순수 서정은 분단과 독재로 이어진 우리 현대사에서 음풍농월吟風弄月로 비하되며 4.19혁명 이후 현실주의파가 득세했다. 그러다 우리 사회가 민주화되고 사회주의 이념이 빠져나간 21세기 들어 실험주의파가 평가받고 있는 형국이다.

세 가지 경향 중 어느 한 가지에 빠져들어 좀처럼 헤어나지 못하는 게 우리 문단의 한계이자 병폐다. 필자는 30년 넘게 문학기자와 문예지 편집자, 그리고 문학평론가로서 문단과 문학 한가운데 서 있으면서 서로서로 반목하고 적대시하는 현장을 지켜봐 왔다.

김 시인은 그런 문학 경향과 파벌 어느 쪽에도 속하지 않는다. 서정과 현실, 그리고 실험을 다 아우르며 인간의 깊이와 좀 더 나은 세상을 향한 시의 시성과 효험을 다하게 하고 있다. 그런 김 시인의 시 세계는 어느 한군데에 정체되어 고집하지 않고 시인의 성장과 함께 시대의 변모에 자연스레 따른, 우주 운항의 이치에 맞는 결과다.

2. 좀 더 나은 세상을 향한 민족·민중 서정시

"간다/울지 마라 간다/흰 고개 검은 고개 목마른 고개 넘어/팍팍한 서울 길/몸 팔러 간다//언제야 돌아오리란/언제야 웃음으로 화안히/꽃 피어 돌아오리란/댕기 풀 안쓰러운 약속도 없이/간다/울지 마라 간다/모질고 모진 세상에 살아도/분꽃이 잊힐까 밀 냄새가 잊힐까/사뭇사뭇 못 잊을 것을/꿈꾸다 눈물 젖어 돌아올 것을/밤이면 별빛 따라 돌아올 것을//간다/울지 마라 간다/하늘도 시름겨운 목마른 고개 넘어/팍팍한 서울 길/몸 팔러 간다."

1965년 민주화 투쟁을 벌이다 지명수배되어 서울 장한평의 아는 사람 집에 한철 숨어지낼 때 쓴 시 「서울길」 전문이다. 지금은 고층빌딩과 아파트 즐비한 서울 동부 중심이 되었지만 장한평은 당시만 해도 황량한 벌판의 시골이나 다름없었다. 고개 넘어와 그런 벌판길을 걸어 걸어 서울로 가는 한 처녀를 작은 방 창문으로 내다보며 그 처녀의 마음으로 쓴 시다.

박정희 정권의 경제개발계획으로 산업화가 본격화되면서 서울로 서울로 몸 팔러 가는 사람이 부지기수였다. 공장으로, 막노동판으로, 더러는 술집 등 유흥업소로 떠났다. 돈 벌어서 부모, 자식, 형제들을 건사하려고 정든 고향 등지고 서울로 서울로 떠나는 사람들. 그 딱한 마음 그대로가 마치 그때의 내 마음인 양 울려와 지금도 많은 사람이 울컥하며 읊조리고 있는 시다.

'간다/울지 마라 간다'가 반복되며 설움을 더욱 고조시키다 처음과 끝을 같게 하는 수미쌍관으로 끝맺는 종결감 등 시적 구성도 빼어난 시다. 구절과 행의 반복으로 우리 민족 고유의 한의 정서와 가락을 자아내게 하는 시다. 무엇보다 몸 팔러 가는 사람의 그 딱하고 안쓰러운 처지와 일치시키려는 시인의 마음, 사랑이 서정적으로 울려 나와 이 시의 공감력을 높이고 있다.

그 사랑, 공감은 시인의 체험에서 절절히 우러나고 있기에 진정성이 있다. 숨어지내는 시인이 민주화 투쟁을 벌이는 것 또한 몸 팔아 더 나은 세상을 이루려는 것 아니겠는가. 그런 마음이 상통하며 시적 완성도도 높아 지금도 감동 있는 시로 읽히고 있는 것이다. 그래 김 시인도 그 장한평 작은 방에서 뛰쳐나와 죽도록 몸 팔며 민주화 투쟁을 더 가열차게 벌였지 않은가.

"잘 있거라 잘 있거라/은빛 반짝이는 낮은 구릉을 따라/움직이는 숲 그늘 춤추는 꽃들을 따라/멀어져가는 도시여/피투성이 내 청춘을 묻고 온 도시/잘 있거라/낮게 기운 판잣집/무너져 앉은 울타리마다/바람은 끝없이 펄럭거린다/황토에 찢긴 햇살들이 소리 지른다/그 무엇으로도 부실 수 없는 침묵이/가득 찬 저 외침들을 짓누르고/가슴엔 나직이 타는 통곡/닳아빠진 작업복 속에 구겨진 육신 속에 나직이 타는/이 오래고 오랜 통곡/끌 수 없는 통곡/잊음도 죽음도 끌 수 없는 이 설움의 새파란 불길/하루도 술 없이는 잠들 수 없었고/하루도 싸움 없이는 살 수 없었다/삶은 수치였다 모멸이었다 죽을 수도 없었다/남김없이 불사르고 떠나갈 대륙마저 없었다/외치고 외치고/짓밟히고 짓밟히고/마지막 남은 한줌의/청춘의 자랑마저 갈래갈래 찢기고/아편을 찔리운 채/무거운 낙인 아래 이윽고 잠들었다/눈빛마저 애잔한 양떼로 바뀌었다/고개를 숙여/내 초라한 그림자에 이별을 고하고/눈을 들어 이제는 차라리 낯선 곳/마을과 숲과 시뻘건 대지를 눈물로 입맞춘다/온몸을 내던져 싸워야 할 대지의 내일의/저 벌거벗은 고통을 끌어안는다/미친 반역의 가슴 가득가득히 안겨오는 고향이여/짙은 짙은 흙냄새여 가슴 가득히/사랑하는 사람들 아아 가장 척박한 땅에/가장 의연히 버티어 선 사람들/이제 그들 앞에 무릎을 꿇고/다시금 피투성이 쓰라림의 긴 세월을/굳게 굳게 껴안으리라 잘 있거라/키 큰 미루나무 달리는 외줄기/눈부신 황톳길 따라 움직이는 숲 그늘 따라/멀어져가는 도시여/잘 있거라 잘 있거라"

쓴 시기는 다르지만「서울길」의 후속편, 남매편처럼 읽어도 좋을 시「결별」전문이다. '잘 있거라'의 반복과 수미쌍관 구성이 같다. 시인이 어딘가를 다시 떠나는 자의 마음이 되어 차분히 말하고 있는 것도 같다.

그러면서도 「서울길」의 주인공, 화자話者가 몸 팔러 고향을 떠나 서울로 가는 처자라면 「결별」의 주인공은 도시에서 몸 팔다 고향으로 가는 사내다. 남성이라 그런지 여성의 애잔한 목소리에 비해 좀 더 거칠고 투쟁적이다.

「결별」의 주인공 남성은 정권의 폭정 아래, 사장의 착취 아래 할 말도 제대로 하지 못하고 수치스럽고 모멸스럽게 통곡하며 사는 도시의 노동자다. 그런 그가 이제 고향을 향해 가며 각오를 밝히고 있는 시다. '미친 반역의 가슴 가득가득히 안겨오는 고향이여'라며 새로운 출발을 다짐하고 있는 시이기도 하다.

필자는 이 시를 김 시인의 출정가로도 읽고 싶다. 도피 생활을 하던 장한평의 그 작은 방을 박차고 나와 다시금 투쟁에 앞장서려는 마음과 각오를 드러내고 있지 않은가. '그 무엇으로도 부실 수 없는 침묵', 군사독재 정권이 강요하는 침묵을 깨뜨리고 '황토에 찢긴 햇살'처럼 압제의 부당함과 아픔을 외치는 시로 읽고 싶다.

그런 압제에 짓눌려 통곡하든지, 그런 척박한 땅에서

의연히 버틴 모든 민중을 '사랑하는 사람들'이라 부르는 사랑으로 모두가 잘 사는 새 세상을 열려는 마음이 잘 드러난 시다. 그런 세상을 위해 피투성이 쓰라린 세월이 올 것임을 뻔히 알면서도 '온몸을 내던져 싸워야 할 대지의 내일'로 출정하고 있는 시다.

"못 돌아가리/한번 디뎌 여기 잠들면/육신 깊이 내린 잠/저 잠의 저 하얀 방 저 밑 모를 어지러움//못 돌아가리/일어섰다도/벽 위의 붉은 피 옛 비명들처럼/소스라쳐 소스라쳐 일어섰다도 한번/잠들고 나면 끝끝내/아아 거친 길/나그네로 두번 다시는//굽 높은 발자국 소리 밤새워/천장 위를 거니는 곳/보이지 않는 얼굴들 손들 몸짓들/소리쳐 웃어대는 저 방/저 하얀 방 저 밑모를 어지러움//뽑혀 나가는 손톱의 아픔으로 눈을 흡뜨고/찢어지는 살덩이로나 외쳐 행여는/여윈 넋 홀로 살아/길 위에 설까//덧없이/덧없이 스러져간 벗들/잠들어 수치에 덮여 잠들어서 덧없이/한때는 미소 짓던/한때는 울부짖던/좋았던 벗들//아아 못 돌아가리 못 돌아가리/저 방에 잠이 들면/시퍼렇게 시퍼렇게/미쳐 몸부림치지 않으면 다시는/바람

부는 거친 길/내 형제와/나그네로 두 번 다시는."

김 시인이 민청학련사건으로 중앙정보부에 끌려가 죽도록 모질게 고문받은 체험을 바탕으로 쓴 시 「불귀不歸」 전문이다. 1975년 일본에서 출간된 김 시인의 시집 『불귀』 표제작으로 한국에도 이렇게 시퍼렇게 살아있는 양심과 투쟁 혼이 있다는 것을 세계만방에 알린 시다.

손톱이 빠지고 살점이 찢겨나가는 고문과 까무러치고 쓰러지며 고문당하는 시인의 심경을 사실적으로 묘사하고 있다. 제목이 된 불귀, '못 돌아가리'를 반목하며 비장한 운율도 얻고 있는 시다.

앞서 살핀 시 「결별」에서 "새 세상 가꾸겠노라 잘 있거라" 하며 떠나온 곳, 고향이 결국 고문의 모진 방인가. 그런 방에서 모진 고문을 받으면서 두 눈 부릅뜨고 미처 몸부림치며 끝내 살아내 다시 '바람 부는 거친 길'로 나설 것을 다짐하고 있는 시이기도 하다. 그대로 잠들어 쉽사리 죽지도 않고, 발설하거나 전향해 수치심에 덮이지도 않는 불굴의 투쟁 의지가 사실적이면서도 서정적으로 드러나고 있지 않은가.

"그 방들 속에서 보낸 순간순간은 한마디로 죽음이었다. 죽음과의 대면! 죽음과의 싸움! 그것을 이겨 끝끝내 투사의 내적 자유로 돌아가느냐, 아니면 굴복하여 수치에 덮여 덧없이 스러져 가느냐? 1974년은 한마디로 죽음이었다"라고 회고하고 있는 그해 시인이 직접 주인공으로 나서 쓴 시여서 그 비장한 울림이 더욱 진솔하게 다가온다.

"잠에서 깨어/이슬 속 가득 찬 외침으로 깨어/새벽길 빛나던 하아얀 풀들/쓰러져갔네/쓰러져갔네/내 발길 아래/등 뒤로 아득히 잊혀져갔네//가슴에는 뉘우침/천근을 메고 달아났었네/허덕이며 숱한 산굽이 돌아 허덕이며/저 외침 저 머나먼 도시/끝끝내 핏발 선 벗들의 저/눈동자 속/매질 속으로/녹슨 철창 속/저 허전한 자유 속으로/다시 새벽이 오고/더운 이마에 이슬 내릴 때/아아 그러나 일어서고 있었네/내 발길 아래/등 뒤로 아득히 잊혀져간 풀들/일어서 여름 대지의/혼인 듯 새하얗게 타고 있었네/비탈도 골짜기도 산등성이도 모두 일어서/함성인 듯 불길인 듯 미쳐 일어서//나는 그때 처음으로 미소를 배웠고/나는 그때 처음으로 역사를 알았네/스물세 살 나던 해 뜨거운 여름/퍽도 어리숙한 시절이었네.”

매질과 고문이 이어지는 하얀 방, 녹슨 철창의 감옥에서 눈 부릅뜨고 일어나 자유를 향한 광야, 그 새벽길로 나서고 있는 시 「첫 미소」 전문이다. ‘스물세 살 나던 해 뜨거운 여름/퍽도 어리숙한 시절’이었지만 그때의 순정한 마음으로 다시 투쟁의 각오를 다지고 있는 시다.

그렇다면 스물세 날 나던 해는 어떤 연도인가. 1963년은 박정희가 대통령이 되어 제3공화국이 출범한 해다. 그 해부터 김 시인의 반독재 민주화 투쟁은 본격적으로 시작됐다. 때문에 ‘함성인 듯 불길인 듯’ 일어설 항쟁의 출정가로 읽어도 좋을 시다.

김 시인은 이 시에 대해 “김민기의 노래 ‘아침 이슬’ 속의 ‘작은 미소를 배운다’라는 구절에 다음의 시상이 연결된다. 「첫 미소」다”라고 밝혔다. 김민기가 서울대 미술대에 갓 입학했을 때부터 김 시인은 10년 선배로서 알고 지내왔었다.

“긴 밤 지새우고 풀잎마다 맺힌/진주보다 더 고운 아

침 이슬처럼/내 맘에 설움이 알알이 맺힐 때/아침 동산에 올라 작은 미소를 배운다//태양은 묘지 위에 붉게 떠오르고/한낮에 찌는 더위는 나의 시련일지라/나 이제 가노라 저 거친 광야에/서러움 모두 버리고 나 이제 가노라."

김민기가 1971년 직접 지어서 통기타를 치며 부른 '아침 이슬' 가사다. 이 노래를 처음 들으며 김 시인은 김민기의 타고난 음유시인 기질에 그대로 반해 즉각적인 친연성을 갖게 되었다고 회고했다.

"그것은 노래가 아니었다. 차라리 아슬아슬하게 절제된 통곡이었고 거센 압박 속에서도 여러 가지 색채로 배어나고 우러나는 깊디깊은 우울의 인광燐光이었다. (중략)

자기 나름의, 신세대 나름의 입을 꽉 다문 대담한 출사표였다. '아침 이슬'은 곧 일어나기 시작한 새 노래 운동의 시작이었다."

그랬다. '아침 이슬'은 수준 높은 민중가요의 출발이었다. 음반이 나오자 판매 금지되고 금지곡이 되었지만 투쟁의 현장 어느 곳에서든지 마치 애국가처럼 장엄하고 비장한 출정가로 불린 노래다.

그런 출정가란 면에서 김 시인 초기 항쟁시와 '아침 이슬'은 친연성이 있다. 저 밑바닥의 밑바닥에서 올라오는 깊고 애잔한 울림에서 같다. 통곡을 절제하는 맑고 고운 서정에서 같다.

'아침 이슬' 가사를 보라. 앞에서 살핀 김 시인 시편들의 시어와 이미지가 같지 않은가. 실제로 김민기는 1973년 김 시인의 희곡「금관의 예수」를 음악극으로 작곡해 공연하며 이후 '학전' 등 무대예술의 신화를 낳게 된다.

김민기는 한 신문과의 인터뷰에서 이렇게 말했다. "예전에도 문화운동 쪽에서는 김지하 옆에 내 이름이 늘 따라붙곤 했는데. 그럴 때마다 내가 꼭 하는 말이 있었다. 내가 김지하한테 무한한 고마움을 가지는 건, 내게 우리말의 생동성을 처음 깨우쳐준 선배라는 점. 문자에 갇혀 있지 않고 살아 있는 말의 생동성. 그게 판소리하고도 통하는 건데…. 그래서 내가 학전 배우들한테도 유난히 강조했던 게, 배우는 '모국어를 지키는 최후의 보루'라는 점이었다."

그렇게 직접 작곡 작사하고 노래 부르고 또 무대예술을 기획, 연출하며 대중문화예술운동을 이끈 김민기가 김 시인과의 친연성을 밝힐 정도로 김 시인의 초기 항쟁과 서정의 시 세계는 민주화운동 그 저변으로서의 문화예술운동을 이끌었다.

김 시인은 1970년 말 첫 시집『황토』를 펴냈다. 4.19혁명과 5.16군사쿠데타와 박정희 제3공화국에 온몸으로 맞서며 통과한 시인의 시라서 저항성이 짙다. 그러면서도 남도 특유의 언어와 서정성도 높다.

습작기의 모더니즘과 초현실주의의 치기 어린 시들은 빼버리고 항쟁의 시대에 맞게, 대중에게 파고들기 위한 서정성 높은 시편들만 시인이 직접 가려 펴냈다. 그래서 민중적 서정시를 열어젖힌 기념비적인 시집이란 평은 들으며 이후 같은 제목으로 출판사를 바꿔가며 여러 판본으로 나온 시집이『황토』다.

"죽도록 몸부림치지만 그것은 작은 몸짓에 지나지 않고, 필사적으로 아우성치지만 그것은 작은 신음으로밖에는 발음되지 않는다. 그 작은 신음, 그 작은 몸짓, 제동 당한 격동의 필사적인 자기표현으로서의 어떤 짧은 부르짖음. 나는 나의 시가 그러한 것으로 되길 원해왔다. 악몽의 시로.

이 작은 반도는 원귀들의 아우성으로 가득 차 있다. 외침外侵, 전쟁, 폭정, 반란, 악질惡疾과 굶주림으로 죽어간 숱한 인간들의 한恨에 가득 찬 곡성哭聲으로 가득 차 있다. 그 소리의 매체, 그 한의 전달자, 그 역사적 비극의 예리한 의식, 나는 나의 시가 그러한 것으로 되길 원해 왔다. 강신降神의 시로.

찬란한 빛 속에 살기를 원하지 않는 사람이 있는가? 없다. 미친 듯이 미친 듯이 나도 빛을 원한다. 원하지만 어찌할 것이냐? 이 어둠을 어찌할 것이냐? 어쩔 수도 없다. 다만 늪과도 같은 밤의 어둠으로부터 영롱한, 저 그리운 새벽을 향하여 헐떡거리며 기어나갈 뿐이다. 포복, 잠시도 쉬지 않는 피투성이의 포복. 나의 시가 그러한 것으로 되길 원해왔다. 행동의 시로. (중략)

세계에 대한, 인간에 대한, 모든 대상에 대한 사랑. 악몽도, 강신도, 행동도 모두 이 사랑으로부터 비롯되는 것이다. 사랑의, 뜨거운 뜨거운 사랑의 불꽃 같은 사랑의 언어. 나는 나의 시가 그러한 것으로 되길 원해왔다."

『황토』 시편들 끝에 실린 후기에서 김 시인이 한 말이다. 필사적인 자기표현으로서의 어떤 짧은 부르짖음의 시, 이 땅의 한에 가득 찬 원혼들을 해원 해주는 강신의 시, 좀 더 나은 세계를 위한 행동의 시, 무엇보다 사랑이 바탕이 되는 시를 쓰겠다는 것이다. 온몸으로 처절하게 시대와 맞선 체험에서 절실히 우러나온 시관詩觀이다.

3. 판소리 등 전통문화를 신명 나게 살려낸 담시와 민족문화운동

"어쩔꺼나 어쩔꺼나 우리 꾀수 어쩔거나/전라도서 굶고 살다 서울 와 돈 번다더니/동대문 남대문 봉천동 모래내에 온갖 구박 다 당하고/기어이 가는구나 가막소로 가는구나/어쩔꺼나 억울하고 원통하고 분한 사정 누가 있어 바로잡나/잘가거라 꾀수야/부디부디 잘가거라./꾀수는 그길로 가막소로 들어가고/오적五賊은 뒤에 포도대장 불러다가 그 용기를 어여삐 녀겨 저희집 솟을대문,/바로 그 곁에 있는 개집 속에 살며 도둑을 지키라하매, 포도대장 이 말 듣고 얼시구 좋아라 지화자 좋네 온갖 병기兵器를 다가져다 삼엄하게 늘어놓고 개집 속에서 내내 잘 살다가/어느 맑게 개인 날 아침, 커다랗게 기지개를 켜다 갑자기/벼락을 맞아 급살하니/이때 또한 오적五賊도 육공六孔으로 피를 토하며 꺼꾸러졌다는 이야기. 허허허/이런 행적이 백대에 민멸치 아니하고 인구人口에 회자하여/날 같은 거지시인의 싯귀에까지 올라 길이길이 전해 오겄다."

이 책 앞에서 시작 부분을 살핀 담시 「오적」의 마지막 대목이다. 우리 민족에게 익숙한 4.4조 가락에 역시 익숙한 옛날이야기 형태로 말하고 있어 참 쉽고 재밌고 친숙하게 읽힌다. 이 「오적」을 발표하며 김 시인은 '담시譚詩', 즉 이야기 시란 시 장르 명칭을 새로 지어 달았다.

담시는 형식적으로는 자유시이면서도 소설이나 서사시같이 이야기 줄거리가 있는 긴 시다. 특히 위 인용 대목처럼 우리 민족의 전통적인 가사, 타령, 판소리는 물론 옛 소설의 문체와 운율, 표현 기법 등을 빌어 이물감 없이 우리 몸과 마음에 그대로 척척 달라붙게 한 이야기 시다.

"베트남 파병의 대가로 미국이나 일본에서의 경제 원조가 늘어나고 전쟁 특수로 인한 엄청난 외화 수입으로 고위층과 소수 재벌이 떵떵거리기 시작했는데 고위층들이 남아도는 돈을 주체할 길이 없어 동빙고동 일대에 너도나도 앞다투어 호화주택을 짓기 시작했다. 그곳을 가리켜 주변 서민들이 '도둑촌'이라고 했다"라는 기사를 보고 위 시를 썼다고 회고하고 있다.

'오적'은 권력형 부패의 주범들인 재벌, 국회 의원, 고급 공무원, 장군, 정부 각료 등 다섯 계층의 민중의 적을 가리킨다. 그 오적들의 각종 형태의 부정부패를 호통과 욕설로 야유하기도 하고 그에 당하는 설움을 애간장 터지게 한탄하며 끝내는 후련하게 처단해버린다.

하여 마치 변 사또 학정으로 옥에 갇힌 춘향을 구해주는 이 도령의 '춘향가' 등 판소리 한 대목을 듣는 듯한 효과를 내게 한다. 하여 김 시인의 「오적」 등의 담시는 우리의 독특하고 자랑스러운 문화유산 판소리를 계승해 당대의 사회적 문제를 재밌게 풍자해 판소리를 현대화한 첫 번째 '창작 판소리'로 평가받기도 한다.

"공사판 흙짐지기 모래내 배추거간 영화판 엑스트라 용달차 짐심부름/좌충우돌 천방지축 허겁지겁 헐레벌떡 동서남북 싸돌아다니다/지치고 처지고 주리고 병들고 미쳐서 어느날 노을진 저녁때/두발을 땅에다 털버덕 딛고서 눈깔이 뒤집혀 한다는 소리가/에잇/개같은 세상!/이 소리가 입밖에 떨어지기가 무섭게 철커덕/쇠고랑이 안도安道놈 두손에 대번에 채워지고/질질질 끌려서 곧장 재판소로 가는구나/땅땅땅—/무슨 죄던고?/두발로 땅을 딛고 아가리로 유언비어流言蜚語를 뱉어낸 죄올시다/호호 큰죄로다"

1972년 가톨릭계 잡지『창조』에 독재정권의 횡포와 민심을 재밌게 풍자한 담시「비어蜚語」의 한 대목이다. 도시빈민인 안도가 어렵고도 호되게 당하며 살다가 세상을 한탄하고 개탄하는 한마디 내뱉자마자 '유언비어 유포죄'로 체포되어 재판받는 대목이다.

실제 군사정권은 1971년에 '국가보위에 관한 특별조치법'을 제정해 국민들의 입마저 틀어막았다. 억압적 통치체제하에서 국민들은 정당한 의사마저 제대로 표현하거나 말하지 못했다. 산업화의 병폐로 도시빈민 문제가 부글부글 끓어오르기 시작했다. 그런 때 김 시인은 이야기 시 형식으로 국민들 속을 후련하게 풀어준 것이다.

총 3장으로 구성된 「비어」의 첫 장 '소리내력'은 임진택 명창이 창으로 만들어 불렀다. 1974년 긴급조치 4호 위반으로 구속되기도 한 임 명창은 감방 안에서 다른 죄수들에게 「비어」를 재밌게 이야기해줬다. 소리꾼이었기에 그 구연口演에는 자연스레 판소리 같은 가락과 장단이 따라 나와서 모두 좋아했다.

출옥 후 그해 말 명동성당에서 열린 '민청학련 구속자 석방을 위한 문화 행사'에서 임 명창이 작창作唱해 부른 노래가 '소리내력'이다. 그 뒤에도 전국을 돌며 '소리내력'을 불러 청중의 성황과 환호를 불러내게 하며 민족문화예술운동을 진작시켰다.

"1970년대에 탈춤의 채희완, 노래하는 김민기, 춤꾼 이애주, 마당극과 판소리를 하는 나, 국악 작곡하는 이종구와 김영동… 이렇게들 몇 사람이 이른바 문화운동 1세대인데요. 당시 우리들이 각기 활동을 하면서도 우리가 가지고 있는 그 연계성, 그걸 종합하는 것을 스스로 갖고 있지 못한 때에 지하 형님이 있었던 거죠. 그러니까 우리끼리 만났다기보다 지하 형을 정점으로 모여든 후배들이었던 셈이지요."

임진택 명창이 김 시인을 추모하는 좌담회에서 밝힌 말이다. 김 시인은 그렇게 민족예술인들을 모아 민족문화예술운동을 진작시키며 민주화 항쟁의 전위에 서게 하면서 그 신명으로 항쟁의 저변을 넓혀갔다.

"나무가 없고 보면 물이 갈 곳 어디메며/나무가 없어지면 불이 날곳 어디멘가/비노니 물과 불은 나무에서 공영共榮하라/오호 노앵유신老櫻維新이여!/불로장생不老長生 하리로다!/오호 영생신촌永生新村이여!/영원 불멸하리로다!/요란한 박수 속에 상上의 메기주둥이가 쭈욱 째지며 가가대소로/노래를 막 그치자마자/우르르르르르르르릉 꽝!/땅!/번쩍!/하고, 늙은 벚나무에 떨어진 벼락이 그때/자기가 무슨 피뢰침 꼭지라고 열다섯 근이나 되는 금관을 비까번쩍 쓰고 천지가 들썩들썩하게 웃어재키던 상의 대갈님에 가 쾅 떨어져 그대로 즉사해 버렸것다./상께서 불알을 두번씩이나 짤리고 쫓겨난 책 읽기 환관놈이/이 소식을 듣고 가로되/역시 금극목金克木이라!/만고

진리萬古眞理는 불가거역不可拒逆이로다!/하며 눈에선 눈물, 코에선 콧물, 입에선 핏물이 나도록/미치게 미치게 웃어대다가 아가리가 짝!/찢어져 죽어버리니/지금도 창동 물렛골 연산묘 가까이에는/노앵과 환관의 잡초 무성한 두 무덤이 나란히 있어/지나가는 길손의 쓸쓸한 가슴에/권력무상權力無常 진리불변眞理不變/여덟 글자를 조용히 아로새겨 준다고 전해오것다."

1973년에 쓴 「오행五行」 마지막 대목이다. 제목과 위 대목에 그대로 드러나듯 음양오행설陰陽五行說로 박정희 독재정권과 절대권력의 몰락은 순리라고 이야기하고 있는 시다. 그런 이야기를 또 우리 역사상 가장 극악했던 폭군 연산군을 빌어 옛날 이야기식으로 재밌게 함으로써 사실감도 주고 있다.

이런 담시들은 첫 시집 『황토』의 항쟁 시편들과 함께 1974년 한국보다 먼저 일본에서 『김지하 시집-오적·황토·비어』로 발간돼 한국 독재의 실상과 항쟁을 세계에 널리 알리게 됐다. 이어 『불귀』, 『김지하 전집』 등이 잇달아 출간돼 일본 시인들과 지식인들의 관심 인물로 떠오르며 세계적으로 김 시인 석방운동이 일어나게 된다. 김 시인은 구속, 수감돼 사형선고까지 내려지고 담시를 실은 잡지 관계자들도 끌려가는 마당에 국내 출판은 엄두도 못 낼 상황이었다.

그런 담시들을 읽으며 김 시인 결혼 주례도 서고 구명 운동도 벌였던 김수환 추기경은 "우리들이 살고 있는 이 땅, 우리 시대에 있어 우리 형식, 우리말로 된 훌륭한 묵상 자료의 하나"라는 추천사식 서문을 시집에 기꺼이 써 주기도 했다.

"소소리 바람인 듯 돌개 바람인 듯 천둥인 듯 지진인 듯 온 우주에 쾅쾅 울려 퍼지는 길군악 장단 속에/허공 중에 뇌성벽력 친다/저 고함 소리를 들어봐라/두려워 말라!/두려워 말라!/내가 바로 한울이다/너희 고향 한울이다/세상이 다 나를 한울이라 부르는데/너희는 한울을 모르느냐/개벽 후 오만 년 애썼으나 이룸이 없다/이제 내가 너희들 내게 돌아와 세상에 거듭 나서/중생들이 참생명을 스스로 깨치게 할 것이니/의심치 말라 의심치 말라/내 마음이 곧 네 마음이요/내 생명이 곧 네 생명이다/중생들이 다 어찌 이것을 알리요".

1988년 김 시인이 한 권의 시집 길이로 펴낸 「이 가문 날에 비구름」의 한 대목이다. 동학의 창시자인 수운 최제우 일대기를 이야기하면서 외세와 탐관오리 때문에 어지러웠던 구한말 시대 상황과 1980년대의 상황을 연결해 풍자하며 현실을 비판하고 시대적 각성을 바라고 있는 시다.

아울러 수운이 하늘의 계시를 받는 위 장면처럼 사람은 물론 하늘과 땅, 삼라만상이 하나이니 모든 생명이 귀하다는 생명 사상을 동학을 빌어 깨우치고 있는 시다. 천도교는 '인내천人乃天', '사람이 곧 하늘이다'를 명제로 하는데, 이 천도교라는 종교로 이념화된 동학을 생명은 모두 나와 같다는 실감으로 지극히 섬겨 하늘로 모셔야 한다는 수운 본디의 동학 정신을 일깨우고 있는 시이기도 하다.

그냥 기존의 '서사시'나 '장시長詩'로 불러도 될 이런 시들에 김 시인은 왜 '담시'라는 새로운 장르명을 붙였을까.

"스물네 살 때던가 당시 『청맥靑脈』이란 잡지로부터

동학혁명에 관한 장편 서사시를 청탁받고 200행까지 쓰다가 모두 찢어버렸다. 형식 문제가 해결되지 않았기 때문이다. 그로부터 판소리의 현대화와 동학혁명 서사시는 내 꿈이 되었다. 스물아홉 살 때 형식 문제를 해결하기 위해 시작試作으로 쓴 것이 「오적」이다. 「오적」은 큰 파문을 일으켰고 그 뒤 나는 줄곧 정치적인 사건에 연루되어 감옥을 드나들었다. 담시라는 이름의 단형單形 판소리들은 계속 정치적인 문건으로만 평가되었지 문학 작품으로 공정한 대접을 받은 적이 없다. (중략)

판소리는 생명의 문학이다. 나의 담시, 그러니까 단형 판소리 역시 생명의 문법을 모토로 한다. 가락이 장단을 타거나 빠져나가는 중에 행간에 솟아나는 신명의 문법을 잘 살펴주기 바란다. 언어 밑에 흐르는 신명의 분류 없이, 언어가 퉁겨내는 광활한 여백의 울림 없이 시, 특히 생명의 시는 없다. 의미만 가지고 시를 따지는 관행은 이제쯤은 극복되어야 할 것이다."

1993년 담시 전집 『오적』을 펴내며 '자서自序'에서 밝힌 말이다. 여기서는 담시를 '단형 판소리'라 부르고 있다.

시로 모든 청중과 신명으로 교감하는 판소리 효과를 내기 위해 무진 애를 쓴 것도 알 수 있다.

우리의 시가 서양에서 배우고 베껴온 시작법과 문법에만 몰두하며 난해해서 잘 알아들을 수 없는 소통 불능으로 빠져들 때 김 시인은 우리 전통에서 신명을 찾아내며 대중과 이물 없이 어우러지려 한 것이다. 그렇게 판소리 등 전통문화예술을 재발견해 현대화하고 대중화하려는 노력의 하나가 '담시'라는 명칭에서도 잘 드러난다.

"답십리에 숨어서 나는 결단했다. 내가 설 곳은 쾨쾨한 냄새가 나는 대학의 미학이 아니라 싱싱한 피가 도는 생명과 한스러운 죽임, 그 살해가 일반화해가는 상상 속에서의 살아있는 미학, 곧 민족문화운동임을 결단한 것이다. 서운하고 아쉬웠다. 그럼에도 불구하고 동시에 시원하고 자랑스러웠다."

앞서 살펴본 시 「서울길」 등을 착상해가며 장한평 답십리에 숨어 살 때 교수가 되려다 문화운동가가 되겠다는 결심을 내비치고 있는 대목이다. 김 시인은 그렇게 대학교단에 대한 미련을 버리고 난장판에 나와 민족문화운동을 일으킨 것이다.

"반독재 민주화운동의 전 시기에 언더그라운드를 휩쓸었던 민족문화운동의 전위는 문학과 함께했지만 그보다는 마당극, 마당굿, 풍물과 놀이 운동이 오히려 더 첨예했다. 노래도 미술도 무용도 영화도 다 앞서거니 뒤서거니 함께였지만 그 종합성, 대중성, 영향력과 현장성 등에서 연희예술 쪽이 가장 진취적이었는데…"라고 회고하며 김 시인은 당시 민족문화운동의 시대적 당위성을 말하고 있다.

"문학 방면에서의 민족문화운동, 그 남상의 성격을 찾아내기 위함인데, 아아! 그 시 「황톳길」에 이미 생명과 살해, 즉 '살림'과 '죽임'의 대결이 나타난 것을 어찌 보아야 할까. 시퍼런 탱자와 물 위를 뛰어오르는 숭어들, 그리고 갯가의 거적 속에서 썩어가는 송장, 아비의 송장! 내가 감옥에서 체험한 허공을 울리던 그 생명의 에코, 그리고 출옥 후 동학과 함께 강조한 생명의 세계관"이라 회고하며 자신의 데뷔시 「황톳길」이 민족문화운동의 시작임을 내비치고 있다.

그러면서 "『황톳길』은 동학전쟁이 테마다"라며 "나는, 패배와 죽임의 역사적 필연을 예감하면서도 '모심'의 지극히 거룩한 마음으로 싸움에 참가했던 민중의 내면적 삶의 생성에 드러난 불연기연不然其然의 모순어법 안에 상생과 상극의 상호보완성이 이미 깃들어 있음을 표현하고 싶었다"라고 밝혔다.

김 시인은 동학혁명 가담자들처럼 패배할 것을 알면서도 싸운 체험으로 '아니다, 그렇다'의 불연기연 역설로 이어지는 생명의 무궁무진을 알고 기꺼이 반독재 투쟁에 나섰으며 그걸 위해 민족문화운동을 벌인 것이다.

"1970년에 김지하 시인이 발표한 「오적」에 이은 일련의 시작詩作과 문예활동은 박정희 정권의 영구집권 기도와 민주 인권 탄압에 정면 저항하는 메시지를 국내외에 던지면서 비상한 관심을 불러일으켰다. 풍자와 저항을 담은 시와 노래, 판화와 전통 민중연희, 탈춤, 마당굿, 판소리가 대학과 지식인 사회에 반독재민주화운동뿐만 아니라 새로운 문화운동으로도 충격을 던졌다.

반독재 민주화투쟁 과정에서도 소외됐던 동학 등 민

족종교에 대한 관심과 토착적·자주적 사상이 민족문화의 힘으로 분출되기 시작했다.

모더니스트 슈르레알리스트라고 자처했던 그가 투쟁에 종교적·문화적 감성을 접목하는 작업에 착수한 것이다. 전통적·내재적 접근을 통해 제국주의적 외세의 침략 앞에 억압당하는 자가 자기 정체성을 세우고 세계적 보편성에 다가선다는 것을 보여주려 했다. 그런 김지하의 활동은 오늘의 한류의 원류였음을 인식해야겠다."

'김지하 시인 추모 문화제'를 앞장서서 연 이부영 전 의원의 이 말에 김 시인의 담시와 민족문화운동의 시대적 의미와 파급력이 그대로 잘 드러나 있다. 민족 주체성과 정체성을 갖고 온 세계를 좀 더 나은 세상으로 만들기 위해, 한류의 뿌리와 보편성을 위해 김 시인이 씨앗을 뿌린 그런 운동은 시대를 넘어 계속돼야 할 것이다.

4. 모든 걸 껴안는 둥그렇고 깊은 여성성으로서의 '애린'의 서정

"우거진 풀 헤치며 아득히 찾아가니/물은 넓고 산은 멀어 갈수록 험하구나/몸은 고달프고 마음은 지쳐도 찾을 길 없는데/저문 날 단풍 숲에서 매미울음 들려오네— 열 가지 소노래 첫째//네 얼굴이/애린/네 목소리가 생각 안 난다/어디 있느냐 지금 어디/기인 그림자 끌며 노을진 낯선 도시/거리 거리 찾아헤맨다/어디 있느냐 지금 어디/캄캄한 지하실 시멘트벽에 피로 그린/네 미소가/애린/네 속삭임 소리가 기억 안 난다/지쳐 엎드린 포장마차 좌판 위에/타오르는 카바이트 불꽃 홀로/가녀리게 애잔하게/가투 나선 젊은이들 노래 소리에 흔들린다."

1986년 펴낸 시집 『애린』에 서시로 맨 앞에 올린 시 「소를 찾아 나서다」 전문이다. 불교에서 소에 비유해 마음 본디를 찾는 과정을 쉽게 보여주려 절 바깥벽에 그려놓은 그림이 십우도十牛圖이고 글로 읊은 게 심우송尋牛誦이다. 김 시인도 『애린』에서 잃어버린 마음, 소를 '애린'이라 부르며 본디의 마음자리를 찾아 떠나고 있다.

시집 『애린』의 부제는 '서정시집'이라 달았다. 그래서인가? '애린'이 마치 헤어져 서로 가슴 아픈 애인인 양 애잔하게 우리 마음속에 들어온다. 얼굴과 미소와 속삭임의 감각으로 구체적으로 들어오며 우리네 옛사랑을 떠오르게도 한다.

"애린/너 지금 어디 있는가/어디서 내 혼백 깃들 육신 키우고 있는가/모두들 말 없는 중에 내 눈은 안산 쪽 바라 버릇처럼 어둠 속을 걸터듬는다/미미한 초생달 후미진 어덩/검은 솔숲 밤바람 소리에/칼끝 번뜩일 때마다/총소리 울릴 때마다/지금도 자지러지는 비명/지금도 잿빛 하늘에 피 번지는 악박골/서대문 101번지 시커먼 경성감옥/아아/여기 어디쯤에 숨어/우는 애기 입 틀어막아 싸안고/너는 숨죽여 울고 있는가/애린."

안산 자락 악박골에 있는 '경성감옥', 서대문형무소에 투옥되어 있던 시절을 떠올리며 쓴 시 「악박골」의 뒷부분이다. 그 형무소에서 1980년 말에 출감한 김 시인은 이렇게 '애린'을 부르며 본디 마음을 찾고 있다. '어디서 내 혼백 깃들 육신 키우고 있는가'라며 경성감옥에서 일본 관헌의 칼과 총에 죽어간 무수한 원혼들과 함께 다시 살아 깃들 혼백의 육신으로서의 본디의 마음자리를 애타게 찾고 있다.

"외롭다/이 말 한마디/하기도 퍽은 어렵더라만/이제는 하마/크게/허공에 하마/외롭다//가슴을 쓸고 가는 빗살/빗살 사이로 언뜻언뜻 났다 저무는/가느란 햇살들이 얄게 얄게/지난날들 스쳐 지날수록/얇을수록/쓰리다//입 있어도/말 건넬 이 이 세상엔 이미 없고/주목 쥐어보나/아무것도 이젠 쥐어질 것 없는/그리움마저 끊어진 자리/밤비는 내리는데//소경 피리 소리 한 자락/이리 외롭다."

외로움이 뼈에 사무치는 시 「그 소, 애린 4」 전문이다. 그리움마저 끊어진 외로움의 극한에서 떠올린 이름이 '애린'이다. 가진 것, 남은 것 아무것도 없는 쓰리고 쓰라린 마음에서 허공에 불러본 이름이 '애린'이다.

'외롭다'는 말, 그립다는 말 등 차마 하고 싶지 않은 마음의 여린 회포를 '애린'를 불러 풀고 있는 시다. 서정敍情이란 문자 그대로 이렇게 여린 마음의 회포를 푸는 것이다. 특히 마지막 연의 빼어난 서정처럼 홀로 밤길을 걸으며 안마 손님을 찾는 소경의 피리 소리 가락처럼 외로운 마음들을 풀고 맺어주는 게 서정의 본질이자 효험이다.

"땅끝에 서서/더는 갈 곳 없는 땅끝에 서서/돌아갈 수 없는 막바지/새 되어서 날거나/고기 되어 숨거나/바람이거나 구름이거나 귀신이거나 간에/변하지 않고는 도리 없는 땅끝에/혼자 서서 부르는/불러/내 속에서 차츰 크게 열리어/저 바다만큼/저 하늘만큼 열리다/이내 작은 한 덩이 검은 돌에 빛나는/한 오리 햇빛/애린/나."

50편으로 이뤄진 연작시인 '그 소, 애린' 마지막 편 전문이다. 해남에 살며 땅이 끝나고 바다가 시작되는, 아니 바다가 끝나고 땅이 시작되는 땅끝마을에 선 실감에서 우러난 시다.

그런 땅끝의 풍정과 지금까지의 체험에서 우러난 시인의 심사가 딱 일치하고 있다. 그러면서도 '돌아갈 수 없는 막바지'에서 나오는 결단이 서정적으로 풀어지고 맺히고 있어 가슴 뭉클하게 읽히는 참 좋은 시다.

더 나아갈 수도, 되돌아갈 수도 없는 땅끝에선 땅도 바다도 하늘도 새도 물고기도 하나가 된다. 시인은 물론 모두 모두 바닷가 검은 몽돌에 빛나는 한 오리 햇빛이 된다.

파도, 세파에 시달려 검고 둥글게 된 몽돌에 비치는 햇살, 그게 '애린'이고 '나', 시인 자신이다. 그렇게 김 시인은 우주 삼라만상과 뭇 혼령과 하나 되려는 자신, 본디 마음을 '애린'이란 살가운 이름을 통해서 찾아가고 있다.

"구태여 말하라면 모든 죽어간 것, 죽어서도 살아 떠도는 것, 살아서도 죽어 고통받는 것, 그 모든 것에 대한 진혼곡이라고나 할까. 안타깝고 한스럽고 애련스럽고 애잔하여 안쓰러운 마음이야 모든 사람에게, 나에게, 너에게, 풀벌레 나무 바람 능금과 복사꽃, 나아가 똥 속에마저 산 것 속에는 언제나 살아있는 것을. 그리고 그것은 매 순간

죽어가며 매 순간 태어나는 것을. (중략)

나는 그 죽고 새롭게 태어남을 애린이라 부른다."

시집 『애린』 서문에서 밝힌 '애린'의 정체다. '애린'이 그리움의 어떤 여자냐고 묻기도 하고 민주주의나 남북으로 분단된 조국이라는 사족을 붙여 섣부르게 해석하는 이들에 대한 시인의 답이다. 잘 알려진 만해 한용운의 시집 『님의 침묵』의 '님'과 '애린'은 '마음'이란 말처럼 밑도 끝도 없이 가없는 추상을 살갑게 구체화해 부른 말이다.

"'님'만 님이 아니라 기룬 것은 다 님이다. 중생이 석가의 님이라면, 철학哲學은 칸트의 님이다. 장미화의 님이 봄비라면 마시니의 님은 이태리다. 님은 내가 사랑할 뿐 아니라 나를 사랑하나니라.

연애가 자유라면 님도 자유일 것이다. 그러나 너희는 이름 좋은 자유에 알뜰한 구속을 받지 않느냐. 너에게도 님이 있느냐. 있다면 님이 아니라 너의 그림자니라.

나는 해 저문 벌판에서 돌아가는 길을 잃고 헤매는 어린 양羊이 기루어서 이 시를 쓴다."

3.1독립운동을 이끌다 3년여의 옥고를 치르고 설악산

백담사로 들어간 만해가 깨달은 바 있어 시로 써서 1926년 펴낸 시집 『님의 침묵』의 머리말 격인 '군말'에서 한 말이다. 연인 사이로서의 '님'만이 아니라, 그리운 것을 다 '님'이라고. 때문에 『님의 침묵』은 불교의 선禪적 깨달음을 연애시 형식을 빌어 쉽고도 절절하게 전하고 있는 시집으로 볼 수 있다.

'님'을 '조국'이나 '광복'으로만 역사적·현실적으로 좁혀 보려는 중생에게 시집 앞에 그렇게 '님'의 정의를 달았듯 김 시인도 『애린』 시집을 펴내며 '애린'에 대해 굳이 그렇게 군말을 붙여놓은 것이다. 왜? 광주민주화운동에 대한 학살로 열린 1980년대는 그런 반국민·군부독재 정권을 타도하기 위한, 적과 적의 날카로운 대치 속에서 죽임의 이념이 지배한 시대였으니.

그렇게 상대를 타도해야만 하는 이념의 시대, 김 시인은 죽고 또 새롭게 태어나는 우주에 만연한 생명을 '애린'를 찾으며 노래한 것이다. 서로서로 모심으로써 그 생명을 영속적으로 살려 나가는, 살림으로서의 '애린'을 안타깝고도 애련한 서정으로 갈구하고 있는 것이다.

그런 김 시인의 '애린'은 그때부터 이념의 벽에 부딪히며 '변절'이란 말을 부르게도 했다. 그러나 '애린'은 출옥 후 1980년대 이후 찾아든 게 아니라 이미 타는 목마름의 거리 투쟁과 도피, 그리고 감옥 시절부터 김 시인이 간절히 부른 이름이다.

"애린/무엇이든 동그랗고 보드랍고 말랑말랑한/무엇이든 가볍고 밝고 작고 해맑은/공, 풍선, 비눗방울, 능금, 은행, 귤, 수국, 함박, 수박, 참외, 솜사탕, 뭉게구름, 고양이 허리, 애기 턱, 아가씨들 엉덩이, 하얀 옛 항아리, 그저 둥근 원/그리고/애린/네 작고 보드라운 젖가슴을 만지고 싶기 때문에./찬 것/모난 것/ 딱딱한 것 녹슨 것/낡고 썩고 삭아지는 것뿐/이곳은 온통 그런 것들뿐/내 마음마저 녹슬고 모가 났어/애린/네 이름을 부를 때마다/나는 조금씩 둥그래져/애린/네 얼굴을 그릴 때마다/나는 조금씩 보드러워져/애린/네 목소리를 떠올릴 때마다/나는 조금씩 해맑아져".

감옥에서 '애린'을 애타게 부르고, 그리고 있는 시 「결핍」 부분이다. 차디차고 모난 감옥에서 '애린'만 부르면 모든 것이 따뜻해지고 부드러워진다. 물론 춥고 좁고 모나고 극도로 외로운 감옥에 '애린'이 있을 수 없다. 있을 수 없는 '겹핍'이 모든 것 다 부드럽게 껴안아 주는 여성성으로서의 '애린'을 찾게 한 것이다.

풍선, 비눗방울, 솜사탕, 젖가슴 등등 둥글고 보드라운 형상과 '작고 보드라운 젖가슴을 만지고 싶은' 감각으로 먼저 '애린'은 찾아온다. 그래서 시인은 "'애린'은 나의 오랜 수형생활에서 생겨난 '결핍'의 대안이었으니 그것은 우선 몸, 즉 감각에서부터였다"라고 회고한다.

"눈을 뜨면 시커먼 나무등걸/죽음 함께 눈감으면/눈부신 목련/내 몸 어딘가에서 아련히/새살 돋아오는 아픔/눈부신 눈부신 저 목련."

겨우내 검고 검은 밑둥이며 가지로 버티다 이른 봄 햇살과 함께 환하게 피어나는 목련을 바라보며 쓴 시 「목련」 전문이다. 검은 바탕 위에 옥양목처럼 희디흰 꽃이 피어 더 환하고 눈부실 것이다.

그런 목련에 시인의 삶이 그대로 일치하고 있는 시다. 김 시인의 체포와 고문과 투옥 등 죽음에 이를 정도로 아픈 세월의 체험이 저렇게 눈부신 목련꽃을 피우고 있는 것이다. 그런 체험을 짧게 압축해 목련을 아주 서정적으로 피우고 있어 감동의 울림도 생생하게 전해지는 시다.

오랜 감옥 생활에서의 '결핍'의 대안으로서 '감각'으로 찾아온 애린이 이렇게 서정과 깨달음의 꽃을 몸에 새살 돋아오는 실감으로, 서정적으로 피운 것이다. 삶과 죽음, '시커먼'과 '눈부신'이 함께 하는 이 목련은 바로 김 시인 특유의 '생명'과 '흰 그늘'이라는 미학과 사상의 감각적인 구체, 빼어난 서정적 이미지로 봐도 좋을 것이다.

아름다운 풍경을 보거나 마음에 그대로 와닿는 시나 그림을 봤을 때 우리는 '아! 서정적이구나'하고 탄성을 지른다. 이게 동서고금 할 것 없이 구구절절 설명해오고 있는 '서정'의 실감이다. 너와 나, 삼라만상과 나, 세상과 내가 서로서로 신명으로 마음이 통해 하나로 되는 게 서정적 유토피아다.

그러나 어디 우리 세상과 내가 합치되어 하나로 행복하게 잘 돌아가던가. 너와 나, 이상과 현실 사이가 벌어져 아프디아픈 게 우리네 삶 아니던가. 그래 우리네 삶은 '고해苦海', 아픔의 바다라 하지 않던가.

그런 괴리의 고해, 현실적 삶에서 다시 하나 되길 꿈꾸는 게 서정이다. 이런 서정은 좀 더 나은 세계를 가꾸려는 김 시인의 순정한 혁명적 삶과 시와 그대로 일치하고 있다.

그래서 '변절'이라기보다 김 시인은 서정으로 초지일관했다. 고여서 구태의연한 서정이 아니라 타는 목마름의 혁명적 서정에서부터 아득한 깨우침의 서정까지 시대와 인간의 성숙에 맞는 기운생동氣運生動하는 서정으로 삶과 시와 사군자 묵란과 사상을 일구어 나갔다.

5. 아리고 쓰린 삶에서 우러나는 생명과 흰 그늘의 미학

"생명/한 줄기 희망이다/캄캄 벼랑에 걸린 이 목숨/한 줄기 희망이다//돌이킬 수도/밀어붙일 수도 없는 이 자리//노랗게 쓰러져버릴 수도/뿌리쳐 솟구칠 수도 없는/이 마지막 자리//어미가/새끼를 껴안고 울고 있다/생명의 슬픔/한 줄기 희망이다."

제목으로 내건 것도 그렇고 시작부터 한 단어만을 한 행으로 잡아 강조한 것도 그렇고, '생명'을 주제로 내걸어 짧고 단호하게 쓴 시 「생명」 전문이다. 김 시인 삶과 사상의 핵심인 생명을 명확히 화두話頭로 내걸고 있는 시인 것이다.

화두는 불교 선禪에서 참 깨달음을 스스로 얻게 하기 위해 던지는 말의 머리로, 풀어내기 여간 어렵지 않고 두루뭉술한데 위 시는 참 명징하다. 목숨의 캄캄한 벼랑 막바지, 감옥에서 사형선고까지 받았던 체험에서 나왔기 때문이다. 그런 감옥 시멘트 창틀에 날아와서도 노랗게 꽃 피우는 민들레 홀씨를 보며 간절히 솟아오른 시이기 때문이다.

그래서 시인은 그런 캄캄한 벼랑에서의 생명을 '희망'이라 반복해 강조하고 있다. 마지막 자리의 극한 슬픔이 곧 생명의 한 줄기 희망이라 하고 있다. 새끼를 껴안고 울고 있는 어미 새처럼 슬픔이 생명을 영속하게 하는 희망이란 것이다.

이런 김 시인의 '생명'은 데뷔작 「황톳길」에서 이 땅 뭇 혼령들의 죽음과 다시 살아 돌아옴으로부터 시 세계를 일관하고 있다. 민주화 투쟁의 감옥으로부터 저 아득한 은하, 우주적 생명으로 이어지는 삶과 사상을 일관하고 있다.

"나이 탓인가/눈 침침하다/눈은 넋그물/넋 컴컴하다/

새벽마저 저물녘/어둑한 방안 늘 시장하고/기다리는 가위 소리 더디고/바퀴가 곁에 와/잠잠하다/밖에/서리 내리나/실 끊는 이끝 시리다/단추 없는 작년 저고리/아직 남은 온기 밟고/밖에/눈 밝은 아내/돌아온다/가위 소린가."

나이 오십에 접어들며 쓴 시 「쉰」 전문이다. 당시의 시인 심경을 그대로 고백하듯 쓴 시다. 나이 들며 찾아드는 눈과 귀가 어두워지고 정신까지 침침해지는 증상을 시각, 청각, 촉각 등 온몸의 공감각으로 받아들이는 시는 참 서정적이고 깊이도 있다.

"내 나이 쉰에 접어들고 있었다. 목동에서다.

집도 삶도 어둑어둑했다. 그늘이었으니 흰빛과 분열된, 아니 애당초 흰빛과는 거리가 먼, 나의 저 흰 우주의 길과는 도무지 연속되지 않는 어둑어둑한 삶의 그늘이었으니, 바로 이 '그늘'을 담은 것이 나의 목동 시절의 시 「쉰」이다. (중략)

누군가 이 시를 두고 나의 지천명知天命의 시라고 했다. 가위 소리를 기다리는 지천명도 있는가.

나는 실패한 것이다. 지천명의 나이 쉰에 삶을 끝내고 싶어 하는 것이 실패한 인생이 아니고 무엇이겠는가? 죽음이 아니라 해도 가위 소리는 무언가를 끊는 소리다. 끊음을 기다림은 삶이 권태롭다는 뜻이고, 그늘은 우선 실패에까지 이른 신산고초辛酸苦楚를 말한다. 그리고 그것이 컴컴한 넋그물의 시학이매, 아우라나 무늬와는 거리가 있다.

누군가 이 시를 읽으면 가슴이 아리다고 했다. 그럴 것이다. 나의 이 그늘에만은 빛이 들지 않을 것인가? 영원히 어둑한 그늘로 일관할 것인가. 분명한 것은 시간이란 반드시 시종始終이 아니라 종시終始라는 점이다. 끝이 있을 것이다. 그러하매 새로운 시작도 있을 것이다."

자작시인 「쉰」에 대해 비교적 자세히 말하고 있는 회고록 대목이다. 지천명 시로 읽지 말라는 소리다. 공자는 나이 쉰이면 천명, 곧 하늘의 이치를 아는 나이라 했다. 그래 우리는 흔히 쉰 살의 나이를 '지천명'이라 예스럽게 부르기도 하지 않던가.

그러나 김 시인은 그 나이에 '넋그물', 정신이며 혼까지 침침해 그것을 끊어버리려 했다는 것이다. 실패에까지 이른 맵고 쓰라린 삶 가위로 싹둑 잘라버리고 싶은 정도로 심한 정신질환을 앓아 큰 병원에서 치료하려고 해남 생활을 접고 서울 목동으로 이사 온 것이다. 그런 쉰 살 무렵에 나온 시이니 하늘의 명을 알고 따라서 편안해지는 지천명 시로는 읽지 말라는 것이다.

그럼에도 필자는 어둠을 자르고 흰빛으로 나아가려는 의지도 들어 있는 시로 읽고 싶다. 시인도 끝이 있으면 시작이 있다며 시작과 끝의 영원한 순환을 말하고 있으니. "외로움 속에서 무엇인가 새로운 우주적인 사랑이 싹터오고 있었다"라고 그런 목동 시절을 회고하고 있으니.

위 시에서도 마지막에 남은 온기 밟고 눈 밝은 아내 돌아오는 소리를 가위 소리로 듣고 있지 않은가. 감옥에서부터 결핍으로 인해 그토록 애타게 부르고 찾던, 둥글게 모든 걸 다 생명으로 끌어안는 여성성으로서의 '애린'이 이제 따뜻하고 눈 밝은 '아내'로 돌아오고 있지 않은가. 해서 모든 걸 다 생명으로 영원케 안아주는 여성적·우주적 페미니즘으로 나아가는 시로 「쉰」을 보고 싶다.

"저녁 몸속에/새파란 별이 뜬다/회음부에 뜬다/가슴 복판에 배꼽에/뇌 속에도 뜬다//내가 타죽은/나무가 내 속에서 자란다/나는 죽어서/나무 위에/조각달로 뜬다//사랑이여/탄생의 미묘한 때를/알려다오//껍질 깨고 나가리/박차고 나가/우주가 되리/부활하라."

위의 시 「쉰」 무렵에 쓴 시 「줄탁」 전문이다. 한자로도 상당히 어려워 사전에도 잘 나오지 않는 이 '줄탁'이란 말을 김 시인은 대화 중에도 즐겨 사용하곤 했다.

김 시인은 대담에서 '줄탁'의 뜻을 이렇게 밝혔다. "달걀 안의 병아리가 때가 돼서 깨고 나오려고 하면 한 부분을 쪼다고. 그런데 거의 동시에 그 어미 닭이 귀신같이 그 부분을 알고 같이 쪼아. 안팍이, 생명과 영성이, 인간의 사회적 변혁과 내적 명상이 하나로 합쳐지는 것. 이게 줄탁이야."

때문에 '줄탁'이란 어려운 말엔 처음부터 자신을 '요기-샤르'라고 부른 그 명칭이 들어 있다. 사회적 변혁과 내적 명상이 하나로 합쳐지는 사람이라 부르고 그런 지경을 지향한 김 시인의 삶이 고스란히 녹아들어 있는 말이 '줄탁'

이다. 그런 체험에서 우러난 시이기에 말하고 전하고 자 하는 뜻이 명확하게 들어오는 시다.

「줄탁」의 첫 연은 넋그물마저 어둑해지는 저녁 무렵의 참선 명상을 그대로 그리고 있다. 그런 넋줄마저 놓아버리고 비우면 온 몸속에 새파란 별이 떠오르는 참선의 지경을 온몸의 감각으로 그대로 전하고 있다.

둘째 연에서는 그런 명상의 지경에서 생명의 영원한 윤회를 그리고 있다. 지금의 나는 나무였었다가 다시 나무 위의 조각달로 떠오를 거란, 과거 현재 미래가 지금 이 삶에 삼라만상과 함께하고 있는 윤회를 생생하게 그리고 있다.

셋째 연에서는 '사랑이여'라며 사랑으로 영원한 생명을 낳고 있는 우주적 여성성의 화신, 그리고 시인 내부에도 잠재해 있는 영성靈性으로서의 '애린'을 부르고 있다. 동시에 '줄탁'이란 제목의 뜻을 구체화해 가고 있다.

그러다 마지막 연에서는 김 시인만의 '줄탁'의 의미를 확실히 하며 각오를 다지고 있다. 어둠의 이 현실을 깨치고 나가 우주적 사랑, 우주적 생명으로 부활하겠다고. 이렇듯 「줄탁」은 시인의 몸과 마음의 체험에서 아주 진솔하고 감각적이면서도 넓고도 깊게 우러난 시다.

"절,/그 언저리/무언가 내 삶이 있다//쓸쓸한 익살/달마達摩 안에/한매寒梅의 외로운 예언 앞에//바람의 항구/서너 촉 풍란風蘭 곁에도/있다//맨 끝엔/반드시/세 거룩한 빛과 일곱 별//풍류가 살풋/숨어있다.//깊숙이/빛 우러러 절하며."

2003년 펴낸 시집 『절, 그 언저리』 표제작이다. 김 시인은 중도 일반도 아닌 비승비속非僧非俗으로 절 언저리에 사는 심경으로 '묵선'을 하며 살았다. 흰 종이 위에 붓과 먹으로 사군자를 그리는 것을 '묵선'이라 했다. 그러면서 달마도 그리고 바람에 날리면서도 바람을 머물게 하는 '바람의 항구' 풍란도 쳤다. 그리고 시커먼 등걸 위에 추위를 뚫고 하얗게 피어오르는 겨울 매화도 그렸다. 그런 달마 그림은 물론 매화 등 사군자 그림을 보면 마치 시인의 자화상을 보는 듯 시인의 내력과 심경과 기품 등이 그대로 묻어난다.

김 시인도 회고록 머리말에서 이렇게 말했다. "벌레

먹고 새가 쪼아 구멍을 만들고 비바람 세월에 늙어 시커멓게 그늘진 매화, 옛 그늘의 흰 꽃, 그것은 간단한 꿈이 아니라 '흰 그늘'이다. '흰 그늘'은 갈데없이 나의 '라이트모티프'인 것이다."

한 생을 되돌아보며 털어놓는 회고록 머리말에 올려놓을 정도도 매화는 시인 자신의 전 생애 압축이고 상징이다. 평생 살아내고 탐구하고 나아갈 궁극인 '흰 그늘'이라는 가없는 추상의 살아있는, 생생한 이미지다.

김 시인은 흉측스럽게 구부러진 검은 등걸에 흰 꽃이 피어오르는 매화를 그려놓고 화제畵題로 '늙은 등걸 하얀 꽃'이란 시구를 적어놓았다. 그런 현대 문인화로서의 매화는 바로 김 시인의 자화상이요, 흰 그늘의 미학을 구체적으로, 단박에 보여주는 그림과 시다.

새와 벌레와 비바람의 세월에 쪼이고 먹히고 구멍 난 등걸, 신산고초의 삶이 있어야 흰 꽃은 피는 것이다. 박정희 군부독재를 혼신으로 돌파하면서 겪은 몸과 마음의 고통이 검은 그늘의 매화를 환하게 피워올린 것이다. 그래 김 시인이 지향하는 '흰 그늘'의 시와 미학은 현실과 체험의 뿌리 없는 여느 영성이나 초월처럼 허황하지 않고 실감으로 다가온다.

"도망쳐 왔구나/알겠구나//슬픈 사랑 때문에/멀리 멀리 도망쳐 왔구나//대웅전 너머 언덕 또 언덕/저 쓸쓸한 독수리 두 발톱 아래 깊이/숨어있구나//드러날 그 날까지/홀로 수천 년을/호랑이 등 위에서/방울 칼 거울/거울 칼 방울/칼 방울 거울//그사이 성좌는 팔방에 율려를 뿌리고/대륙은 끝없이 말씀을 흩었네라//영축산 비로암 뒤/숨죽인 북극전//내 이제야/문득 알겠구나//어찌해/당신이/서자인지를."

환갑 무렵부터 아내와 둘이서 한 달에 한 번꼴로 전국의 명산대찰을 순례하며 쓴 시 「북극전北極殿 2」 전문이다. 북극전은 대웅전 뒤곁의 후미진 곳에 삼신각, 칠성각 등과 함께 들어서 있는 조그만 전각이다. 거기에 모셔진 상은 여느 부처님이라기보단 산신령, 신선이다. 뒤에는 산신의 반려인 호랑이를 옆에 앉힌 탱화가 으레 그려져 있다.

그러므로 그렇게 산신령이 된 단군이나 그 아버지와

할아버지 벌인 환웅, 환인을 모신 사당으로 볼 수 있다. 우리 전통인 무속신앙이나 사상 등과 마찰 없이 불교를 토착화하기 위해 그런 신주들을 모신 곳이 북극전이다. 위 시에도 무속신앙의 도구인 방울 칼 거울이 어지럽게 반복되고 팔방에 율려를 뿌리는 성좌의 칠성 신앙 혹은 풍류도가 엿보이지 않는가.

김 시인은 위 시를 쓰게 된 계기를 이렇게 회고했다. "작년 초 영축산 통도사의 후미진 비로암 뒤뜰에 있는 자그마한 북극전 앞에 섰을 때다. 스님들은 간곳없고 노을 무렵에 풍경만이 뎅그렁뎅그렁 울리고 있었다. 문득 6, 7년간 적막했던 시업詩業이 다시 활기를 찾은 듯 시상들이 돌아오고 또 돌아왔으니…."

위 시에서 필자는 마지막 대목 '내 이제야/문득 알겠구나//어찌해/당신이/서자인지를'에 주목하고 싶다. 우리나라를 연 단군이며 환웅이 본디의 큰 영웅, 대웅大雄일진대 저 인도에서 도래한 석가모니 부처에 자리를 내주고 후미진 곳으로 밀려났다.

『삼국유사』 등 우리네 옛 사서史書 등에 따르면 환웅

도 환인의 정실 아들이 아니라 서자庶子다. 서자이기에 본국에서 밀려나 아래 세상으로 내려와 신시神市를 열고 단군을 나은 것 아닌가.

그런 단군과 환웅이 모셔진 북극전에서 김 시인은 문득 깨닫고 있다. 자신도 그들과 같은 족속이고 숙명이라는 것을. 그렇지 않은가. 저항과 죽임의 이념에 '변절'로 주류에서 쫓겨난 서자 신세가 김 시인 아니었던가. 그런 것 아랑곳없이 끊임없이 생명을 이어지게 하는 율려, 우주 운항의 숨소리를 온몸과 마음으로 듣고 있는 시가 「북극전 2」다.

김 시인의 시편들은 이렇게 삶과 자신이 내세운 사상과 그대로 일치한다. 그래서 진정성이 있다. 그리고 힘이 있다. 쓰고 아리고 외로운 현실 속에서 좀 더 나은 삶과 세상을 가꾸기 위한 사랑에서 절실히 우러난 생명과 살림의 시이기에 통이 크고 울림이 넓고도 깊다.

그래 김 시인은 자신의 시 쓰기를 시 「속·3」을 통해 이렇게 정리하지 않았던가. "시란 어둠을/어둠대로 쓰면서 어둠을/수정하는 것/쓰면서/저도 몰래 햇살을 이끄는 일"

이라고.

3장

사상 –
21세기를 인간다운 세상으로
만들려 던진 화두

"'모심!'

생각하자면 아득하다.

우리 민족 사상의 핵심이면서

이제부터의 새로운 인류문명의

윤리적 기준이 될 수밖에 없는

이 '모심'은 도대체 '산다는 것',

즉 생명이나 존재의 비밀인 듯도 싶었다."

-「모심에 대하여」 부분

1. 현실과 맞부닥치며 더 나은 세계를 향해 일군 사상

"시인이 되기 전 나의 꿈은 요기-사르(내면적으로는 수행자이고 외면적으로는 혁명가)였습니다. 명상과 변혁의 통일자, 대사회적 활동과 자기 수양의 보완이 동학에 다 들어 있어 동학 사상에서 출발, 성통공완(性通功完, 성품을 도통하고 세상을 바꾸는 공을 이룸)의 신선 혁명가를 꿈꾸며 이곳저곳을 찾아 헤맸습니다."

감옥에서, 혹은 쫓기는 암자나 성당에서 김 시인은 깊은 명상에 빠져들곤 했다. 민주화 투쟁 등 보다 나은 세상을 이루려는 변혁의 현장에서는 몸과 글로 앞장섰다. 그 변혁과 명상의 빛이 시의 넋이 됐고 그 넋, 삶과 우주의 무늬는 사상으로 구체화되며 1960년대 이후의 반독재, 1980년대 이후의 생명과 환경 운동, 그리고 21세기 새로운 대안 문명 찾기 담론의 전위 역할을 해온 게 김 시인의 사상이다.

김 시인의 사상은 동학, 율려, 풍류 등 우리와 동아시아 고대 사상에 기초하고 있다. 여기에 테야르 드 샤르댕, 질 들뢰즈 등 서양의 최신 사상을 끌어들여 민족, 동서양을 초월한 범 인류적 보편성으로 나아갔다.

그런 사상은 살아 있는 역사와 맞닿아 있다. 사회적 시련과 고난에 맞부닥치며 그런 당대 현실의 모순을 극복하기 위해 나왔다. 그런 사상적 모색은 편협한 민족주의의 굴레에서 벗어나 세계사의 보편적 문제와 궤를 같이하고 있기도 하다.

그래서 김 시인의 사상은 가장 전통적이며 가장 세계적인 사상을 지향했다. 몸의 체험에서 나와 현실과 역사를 바탕으로 하면서도 정신의 가장 높은 영역인 영성靈性으로까지 비약하고 있다.

1984년 김 시인은 당시만 해도 명칭도 생소했던 '사상

기행'을 시작했다. 1980년 유신독재의 긴 겨울을 끝내고 찾아온 잠시 동안의 민주화의 봄과 5.18 광주민주화운동을 총칼로 무참히 짓밟은 전두환 신군부 정권의 폭압의 긴 터널을 지나고 있을 때다.

민주화의 꿈이 박살 나고 정신적 공황 상태에 빠져들었을 때 이 땅에 뿌리박고 살아온 역사의 중심 세력인 민중을 찾아 나선 것이다. 그들 민중 속에서 뿌리 깊게 영속되어온 사상을 실감으로 찾아 절망적인 어둠 속에서 새로운 빛을 찾고 밝히기 위해서다.

1970년대 후반 김 시인은 캄캄한 감옥에서 명상과 독서를 통해 '생명'의 한 줄기 밝은 빛을 보고 탐구했다. 그 빛으로 죽임의 투쟁 운동에서 생명과 살림의 운동으로 전환한 김 시인은 감옥에서 나온 이후부터 생명운동을 주창하며 많은 토론을 하는 한편, 글들을 발표하기 시작했다.

그런 생명운동의 사상적 젖줄을 서양제국주의의 서세동점西世東占과 망국을 향한 어둠 속에서 민중에게 빛을 보여주었던 동학 창시자 수운 최제우 등의 주체적 민중사상에서 찾고자 사상 기행을 떠난 것이다. 서울 운당여

관서 출발한 사상 기행은 무속巫俗의 성지인 계룡산, 후천개벽을 외친 강증산 사상의 모태인 모악산, 수운이 칼노래를 부르고 춤을 춘 지리산 남원 교룡산성, 그리고 광주의 무등산으로 이어졌다.

"솔직히 얘기해서 우리는 여직껏 서양의 사상으로 무장해서 행동해 왔어요. 근대화 과정에서 서양 것, 서양적인 사고로 모든 것을 판단하고 행동해 왔는데 그렇게 되니까 주역도 미신이 되고 풍수도 미신이 되고 옛날부터 내려오는 민간에 유포된 것이 전부 무가치한 것으로 전락했어요. 그러면서 민중, 민중 하면 뭐합니까?"

사상 기행을 하며 김 시인이 솔직히 토로한 말이다. 서세동점의 타의적인 근대화 이후 우린 서양을 닮고 배우려 얼마나 애써왔던가. 남들보다 먼저 수입하고 베껴 새로운 이론이나 사상으로 포장해 행세하는 데 얼마나 혈안이 되어왔던가. 그런 때 김 시인이 우리 것을 찾아 새로운 빛이 되게 한 것은 많은 사람의 호응을 얻었다.

"동학의 재해석은 마르크스 사상과 서양 생태주의 등 이원론에 기초한 외래사상에 빠져드는 우리 청년들에게

단비와도 같았다. 아시아 신화와 전통문화의 재해석은 오리엔탈리즘의 콤플렉스를 부수고 우리 전통문화의 자존감을 높였다.

아시아 전통문화를 맹목적 신비주의나 미신으로 취급하며 폄훼, 왜곡, 경시했던 혼탁한 시절이다. 그런 때 신비주의와 미혹의 무덤에 갇힌 우리 전통문화를 지엄한 자주성으로 빛을 보게 했다. '다시 개벽' 동학의 복권은 김지하로부터 시작되었다."

김 시인 추모 좌담회에서 후배들은 이렇게 선배의 사상과 운동을 추켜세웠다. 그러면서 오늘날 세계를 휩쓸고 있는 한류의 저변 뿌리를 김 시인에서 찾고 있다.

'한류韓流'란 말은 김 시인이 생전에 즐겨 쓰며 그 말의 출처와 의미의 뿌리도 찾아준 용어다. 이러한 김 시인의 우리 것 찾기 사상과 운동은 1980년대 '김지하 현상'이라는 신드롬을 불러일으키기도 했다.

출옥 후 김 시인은 묵란을 배우고 치는 '묵선수행'을 하며 생명운동, 풀뿌리 운동 등 구체적인 생활, 문화, 사상운동에 매진하며 글쓰기와 강연 활동 등을 했다. 그러다

1982년 이른바 '대설大說'이라는 크고 긴 시집『남南』을 펴내기 시작하며 수운과 그 뒤를 이은 해월 최시형 등이 주창한 동학사상과 강증산의 민중사상을 시적 상상력으로 재해석하기 시작했다. 그러다 사상을 실감하기 위해 사상 기행을 시작한 것이다.

그런 역사와 현실의 풀뿌리인 민중의 주체적 정체성 탐구의 실감으로 1985년에 명동성당에서 열린 민족문학의 밤 행사에서 문학에서 민중을 내세운 강연도 하게 되었다. 김 시인은 그 강연에서 "민중의 삶이 민중문학의 주체이며, 민중의 삶을 '죽임'의 이념 선전과 그 집행에 활용하는 모든 언어형식은 반민중문학적이다"라고 말했다.

죽임의 정권에 죽임으로 맞선 급진주의적 문학 경향을 질타한 것이다. 이런 생명과 살림의 사상 연장선상에서 1991년 문제의 칼럼인 '죽음의 굿판 당장 집어치워라'도 나온 것이다.

동학과 우리의 민중사상을 탐구하며 김 시인은 21세기 인류의 네오르네상스를 위한 사상도 다각도로 펼쳤다. 우리 고유 사상인 풍류도와 단군 이전의 신시 시대의 경제, 사회를 탐구하며 거기서 21세기 신유목시대 만인의 평화와 번영과 신의를 위한 '접화군생接化群生'의 담론들도 활발히 개진했다.

그런가 하면 미학과 출신답게, 자신의 삶과 시와 사상을 다 아우르며 '흰 그늘'의 미학 사상도 평생 탐구했다. 김 시인 개인의 환상과 영성을 아우른 실감에서 나온 '흰 그늘'의 미학은 또 우리 민족 특유의 한恨의 정서와 풍류도 사상에 맞닿아 있으며 세계의 미학 사상들도 두루 섭렵, 포함하고 있다.

그런 김 시인의 생명과 고대 동아시아 탐구와 미학 사상은 때론 시적 상상력에 의해 압축된 시적 언어로 표현되기도 했다. 그런 상상력은 태고와 현대를 아우르며 무한대로 나아가기도 했다. 직관과 영감, 논리와 초논리, 시와 사상과 종교와 최첨단 과학이론이 서로 넘나들며 융합되어 있다.

한두 권의 책으로 일관되게 묶일 수 있는 체계적 사상이 아니라 몇십, 몇백 장으로 그때그때 발표되거나 강연된 원고들이다. 그래서 기존의 어떤 이론적 개념의 그물에 꿰지지 않는 자유로운 유목민적 상상력이면서도 그만큼 어렵고 허황되다는 지적을 받기도 한다.

마치 고승高僧들이, 제자들이 스스로 깨우칠 수 있도록 던지는, 너무 난해하거나 빈 깡통 같은 화두처럼 말이다. 그런 지적에 대해 김 시인은 "내가 쓴 글들은 이론이 아니라, 이론을 하는 사람들에게 영감을 주고 그들을 촉발시키기 위한 담론"이라 말하곤 했다.

"세계는 소란스럽고 한반도도 시끄럽습니다. 근본적인 삶의 대전환 없이는 이 혼란은 해결되지 않습니다. 진보도 개혁도 이젠 이 근원적인 변화에 대한 깊은 사유와 본격적인 실천 없이는 모두 헛소리입니다. 한 줄의 시행(詩行)에서 한 번의 상행위(商行爲)에 있어서까지도 관통되는 인간적 신뢰와 우주적 공경 없이는 새 인류 문화는 건설되지 못합니다."

2002년 세 권의 방대한 분량으로 사상에 속하는 글들을 모은 『김지하 전집』을 펴내며 밝힌 말이다. 시인도 밝히고 있듯 명상가이자 혁명가로 뭇 생명에 대한 공경과 살림, 곧 모심으로 시와 삶을 초지일관하며 나온 것이 김 시인의 사상이다.

우리가 지금 김 시인의 사상을 들춰보지 않을 수 없는 것은 생성형 인공지능, AI 등 최첨단 문명이 우리의 정체성과 나아갈 바의 근본을 묻고 있기 때문이다. 억압과 불평등한 사회가 계속되고 있기 때문이다. 그런 우리 인간 개인과 더 나은 인간적인 세계를 위한 한 줄기 빛을 김 시인이 제시한 사상들은 밝혀주고 있기에 두고두고 유효할 것이다.

2. 죽임의 항쟁에서 온 생명 다 살리는 생명 사상과 운동으로

"마침 봄이었다. 아침나절 쇠창살 사이로 투명한 햇살이 비춰들 때 밖에서 날아 들어온 새하얀 민들레 꽃씨들이 그 햇살에 눈부시게 반짝이며 하늘하늘 춤추었다. 그것.

그리고 또 쇠창살과 시멘트 받침 사이가 빗발에 홈이 패어 그 홈에 흙먼지가 날아와 쌓이고 거기에 멀리서 풀씨가 날아와 앉은 뒤 또 비가 오면 그 빗방울을 빨아들여 무럭무럭 자라나니. (중략)

생명!

그렇다. 저런 미물도 생명이매 '무소부재無所不在'라!

못 가는 곳 없고 없는 데가 없으며 봄이 되어서 자라고 꽃까지 피우는데. 하물며 고등 생명인 인간이 벽돌담과 시멘트벽 하나의 안팎을 초월 못 해서 쪼잔하게 발만 동동 구른대서야 말이 되는가?

생명의 이치를 깨닫고 몸에 익힌다면 감옥 속이 곧 감옥 바깥이요, 여기가 바로 친구들과 가족이 있는 저기가 아니던가!"

투옥 시절을 회고한 내용 한 대목이다. 박정희 군사독재 정권을 끝장내버리겠다며 민주화 투쟁을 벌이다 끌려온 감옥. 그곳은 서로 죽이고 죽이겠다는 죽임의 현장이기도 하다. 그곳에서 김 시인은 '그것', '생명!'을 온몸의 감동으로 느꼈다.

"우주에 가득 찬 하나의 큰 생명, 처음도 끝도 없이 물결치는 한 흐름의 생명, 그것 앞에 담과 벽이 있을 리 없고 죽음과 소멸이 있을 까닭이 없는" 생명을 느꼈다. 이때, 느낌으로 온 '그것'이 김 시인의 서로 죽이는 상극적인 투쟁에서 서로 살리는 상생적인 생명 사상과 운동의 출발이요, 요체다.

감옥에서 김 시인은 참선이 곧 '생명 연습'이라며 종일 가부좌를 튼 채 명상을 했는데 잘 때도 그랬다. 부탁해 들어온 책들을 통해 나름의 생명 사상을 흡수해 들였다.

감옥에서 나온 후에는 만나는 벗들과 후배들에게 자신이 몸소 느끼고 흡수한 생명 사상을 퍼뜨려 나갔다. 서로 죽이는 반생명 투쟁을 넘어서지 않는 민주화운동은 한계가 있다. 참된 투쟁과 해방의 길은 서로를 살리는 생명의 길이라고.

김 시인은 출소한 뒤인 1981년, 1975년에 아시아-아프리카 작가회의가 수여한 로터스상을 뒤늦게 받으며 '창조적 통일을 위하여'라는 제목의 수상 소감에서 제3세계와 함께 새롭게 생명운동을 내딛자고 처음으로 공식 제안했다. 이후 세미나와 토론, 그리고 글과 강연을 통해 생명 사상을 심화·확장해 갔다.

"자연적인 죽음과 대립하지 않는 보다 커다란 포괄적인 생명의 발견은 사실 선불교禪佛教의 영향이었고 참선 경험의 결과였다.

그럼에도 동학에 집착한 것은 동학이 유불선儒佛仙과

기독교를 풍류도 위에서 창조적으로 통일했다는 점과 수운과 해월 선생의 그 대중적이고 민족적인 교화敎化 방편으로서의 생명론이 지닌 친근함, 간결함 때문이었다. 모두가 쉽게 받아들일 수 있는 자기의 우주적 생명의 수행과 그에 따른 사회 변혁의 실천 전망을 동학에서 발견할 수 있으리라는 나의 바람 때문이었다. 그러나 언제든 불교와 노장老莊의 깊고 큰 수레를 잊어본 적은 없고 앞으로도 그럴 것이다. 기독교도 마찬가지다. 특정 종교를 이젠 더 이상 내세우고 싶진 않고 모두의 공통분모를, 모두의 융합을 내 자신의 체험적 전망으로 말하고 싶다. 그러나 그것이 쉬운 일일까?"

1992년 그동안 써놓은 생명 사상과 관련된 글과 강연 등을 모은 책 『생명』을 펴내며 '책 머리에'서 한 말이다. 단군 이래 우리 민족의 정서와 사상은 물론 교육과 예술 등 모든 삶과 문화의 바탕이 된 풍류도風流道를 유불선은 물론 기독교와 융합해 창조적으로 통일한, 민중을 살리기 위한 생명론이기에 동학에 집착했다는 것이다. 여전히 독재와 빈부 차, 인종 차별 등으로 고통받는 생명과 세계를 살리기 위한 실천적·운동적 사상이 김 시인의 생명 사상인 것이다.

김 시인은 동학의 핵심이랄 수 있는 주문의 첫 구절 '시천주侍天主'에 주목했다. 우리는 모두 우리 안에 하늘, 하느님을 모시고 있다는 것이다. 모시고 있는 그 하늘, 하느님이 곧 생명이라는 것이 김 시인 생명 사상의 핵심이다.

처음도 끝도 없고 무변광대하고 죽어도 죽지 않는 그 '생명'을 불교에서는 '심心'이라 하고 도교에서는 '도道'라 하며 역학易學에서는 '기氣'라 하고 기독교에서는 '성령聖靈'이라 한다. 과학에서는 '에너르기'라고 부르는 그 '생명'을 모든 사람이 각기 자신 안에 모시고 있다는 것이다.

이를 거꾸로 말하자면, 그런 총체적 생명이 움츠러들고 짓밟히며 빼앗기고 천대와 멸시를 받는 불행한 존재인 인간 안에 있다는 사상이 수운의 동학이다. 그래서 김 시인은 동학을 생명을 살리는 '활인活人' 사상이요, 생명 회복의 사상으로 본 것이다.

'활인'에서 '인人'은 사람 개인만 뜻하는 게 아니다. 사람들이 모인 사회 전체, 나아가 우주 삼라만상이 다 수운에게서는 '인'으로 표현되고 있다. 해서 수운과 동학사상 전체를 통괄하고 있는 것은 모든 우주 자연을 하나의 통일적인 유기적 생명으로 보자는 관점이다. 문명과 우주와 사회와 그 사회적 생존을 생물학적인 틀 안에서 생동하는 하나의 유기체, 기氣 운동으로 보고 그게 병들면 치유해 다시 창조적인 생명 순환을 회복시켜주려 한 것이 동학의 본질이라고 김 시인은 봤다.

김 시인은 동학 2대 교주 해월 최시형의 '향아설위向我設位'란 말에도 주목했다. 모든 일, 노동의 결과인 밥을 벽을 향해 제삿밥 올리듯 귀신한테 바치지 말고 나를 향해 바치라는 것이다. 내 안에 하느님, 생명이 있으니 그 생명의 결과물이요 생명 자체인 밥을 나를 향해 바치라는 것이다.

그런데도 인류문명이 시작되고 지금까지 동서 가리지 않고 노동과 생명의 결과물인 밥을 내가 아니라 벽을 향해 귀신에게 바쳤다는 것이다. 그렇지 않은가. 각종 종교와 권력과 제도와 이데올로기 등등의 귀신들의 벽을 향해 우린 기꺼이 밥을 바쳐오지 않았던가. 그런 밥을 해월은 살아 있는 하느님인 나 앞에, 노동 주체인 민중 앞에, 우리 앞으로 되돌려 갖다 놓은 것으로 김 시인은 봤다.

증산 강일순이 개벽을 '활인'과 '의통醫統'이란 한 것도 그러한 동학사상을 이은 것이란 게 김 시인의 주장이다. '향아설위'가 아니라 '향벽설위向壁設位'의 제삿밥을 받아먹은 모든 기성 세력은 후천개벽에서 제외되고 그들로부터 버림받는 민중이 주역이 된다고 증산은 '남조선 사상'에서 말했다.

증산은 혼란과 상극과 파탄에 접어든 인류 전체와 생태계, 하늘과 땅과 인간 모두를 합쳐 우주 전체를 뜯어고쳐 새로 살리는 '천지공사天地公事'를 벌였다. 그런 천지공사에서 김 시인은 사람뿐 아니라 우주 전체, 뭇 혼령들까지 다 살리려는 '우주 정치적·우주 과학적 상상력'을 보았다.

이렇게 김 시인은 수운과 해월과 증산의 민족, 민중 주체의 종교 사상을 교리적 차원이 아니라 삶과 죽음을 넘어 영원히 살아 움직이는 생명 차원에서 재해석해냈다. 동학혁명으로 터지게 한 동학의 세포적이고 유기적인 조직에서 생명의 역동성도 봐내고 생명을 사상 차원에 갇히게 하지 않고 살림의 운동으로 나아갔다.

"김 시인이 이제 마침 출소를 해서 우리한테 와서 강연을 했는데 우리가 헤매던 얘기를 상당히 명료하게 얘기해줬어요. 이제 뿌리 얘기를, 반생명의 뿌리를 넘어서지 않는 한 민주화운동도 조금 되는 것 같지만 한계가 있다는 거예요. 김지하 형은 이것을 분명히 일러주었어요. 그게 생명이에요. 참된 해방의 길, 그것이 이제 생명의 길이다, 하는 것을 분명하게 정리하고 강조를 했어요.

여기에 영향을 받아서 내가 1983년도로 기억하는데 농업은 생명산업이고 농촌은 생명의 터전이고 농민은 생명이 일꾼이라고 얘기했어요. 그래서 욕 엄청나게 먹었어요, 운동권한테. '지금 막 전두환 파시즘 타도 어쩌고저쩌고 할 때, 무슨 생명 타령하느냐고. 지하 형한테 물 들었어?'라고요.

많은 이들은 생명운동이라면 원주 장일순 선생을 먼저 생각하는데, 제가 직접 겪은 바로는 김지하 시인이 길을 열고 뜻있는 이들이 생명체의 특성대로 제각각 역할을 분담하여 진행하도록 물을 주어 가꾸었어요. 장일순 선생은 쉬운 말로 대중들에게 전파하는 능력이 뛰어났지요. 박재일 형님은 생명 살림 협동체 한살림을 만들어서 밀고 나갔고, 이건우 씨는 생명운동이 협동조합운동으로 조직화되도록 애를 썼고요.

그리고 지학순 주교가 김지하, 장일순, 박재일 모두를 후원하고 초기 한살림이 자리 잡도록 도왔어요. 이후로 생명운동이 나름대로 확산·발전되어 나갔지요. 생명공동체운동, 생명평화운동, 녹색운동 등으로."

'생명 사상의 선구자 김지하를 위한 변론'이라는 제목의 김지하 추모 좌담회 에서 후배 생명운동가인 정성헌 씨가 밝힌 말이다. 김 시인은 1982년 '생명의 세계관 확립과 협동적 생존의 확장'이라는 '생명운동에 관한 원주 보고서'를 기초했다. 이 보고서는 위 좌담에서 나온 말처럼 생명을 살리는 여러 운동으로 확산되었다.

그런 김 시인의 생명운동과 생명 사상의 총체는 1989년 '한살림 선언'에 구체적으로 잘 드러나 있다. '한살림 선언'은 우선 "인류가 자유, 평등, 진보의 깃발 아래 피와 땀을 흘리면서 이룩해 온 오늘날의 산업문명은 세계를 황폐화하고, 모든 생명을 죽음의 위기로 몰아넣고 있다"라며 산업문명의 오늘을 죽음의 위기로 진단하고 있다.

산업문명은 생명을 소외시키는 체제이며, 본질적으로 반인간적일 뿐만 아니라 반생태적이기 때문이다. 노동과 자본, 이성과 감성, 인간과 자연의 대립을 불러온 산업문명은 개인의 일상에서부터 사회, 경제, 정치의 우리 세계 전체와 전 지구적 생태계의 영역에서 죽음을 부르고 있다는 것이다.

이는 물질적·제도적인 위기일 뿐만 아니라 지적·윤리적·정신적 위기이며 인류사상 유례없는 규모와 긴박성을 지닌 위기, 바로 전 인류와 지구상의 전 생명의 파멸을 의미할 수도 있는 위기로 보고 있다. 때문에 산업문명에 의해 구축된 세계 질서와 그 기반이 되고 있는 세계관, 가치관을 근본적으로 검토해야 할 시기가 왔다는 것이다.

산업문명의 오늘날에 인간과 자연은 기계적인 질서 속에서 서로 단절되고 고립되어 있으며 그들의 참모습, 즉 생명의 모습으로부터 소외되고 있고 그 본성을 억압받고 있다. 그리하여 오늘날 생명에 대한 공동체적·생태적·우주적 각성이 더욱 요청되고 있다는 것이다.

그리하여 '한살림 선언'은 "생명에 대한 새로운 각성만이 인류를 새로운 지평으로 인도할 것이다. 이제 우리는 새로운 문명을 바라보면서 생명의 의미를 새로운 빛으로 조명해 볼 필요가 있다"라며 동학을 바탕으로 모든 종교사상과 과학 이론 등을 융합하며 죽임의 산업문명과 대비되는 살림의 생명론을 펴고 있다. 그 대강은 아래와 같다.

진화의 과정에서 보면 모든 생명은 그 환경으로부터 고립된 존재가 아니고 우주적 관계의 그물 속에서 상호작용을 하면서 연결된 것이고 자신 안에 우주적 생명을 지닌 하나의 통합된 전체라 할 수 있다. 생동하는 우주의 진정한 모습은 모든 생명을 하나의 생명으로 아우르면서 진화하는 큰 생명의 무궁한 펼쳐짐이다. 따라서 모든 생명은 환경과 협동하여 공진화共進化하면서 우주의 궁극적 생명으로 합일되어 나가는 것이다.

자기를 초월하는 인간 정신은 자기보다 큰 생명인 공동체와 생태계의 질서에 참여하고 지구의 정신에 통합되며 종국에 가서는 우주의 마음과 합일하게 된다. 이처럼 생명은 단순히 환경에 적응하여 살아남는 그 이상의 것으로 자기 한계를 초극하여 진화함으로써 창조의 기쁨을 느끼는 거룩함이다. 거룩함은 우주를 포함한 모든 생명에 담겨 있고 바로 이 거룩한 생명이 바로 하느님이다. 때문에 하느님은 결코 초월자나 절대자가 아니다. 오히려 자기실현을 위해 온갖 위험을 무릅쓰고 끊임없이 창조적으로 진화하는 생명 그 자체다. 인간 정신은 자기 안에 거룩한 우주의 마음을 지니고 있는 것이다.

'한살림' 세계관에서는 물질, 생명, 정신이 역동적인 과정을 통하여 하나의 우주 생명에 통합되어 가고 있으며 인간, 자연, 우주 모두가 그런 역동적 동요動搖를 통해 새로운 질서로 자기를 조직하는 생명이라는 점을 감지하고 있는 새로운 과학에서 그 이론적인 전거典據를 찾고 있다.

모든 생명은 전체의 일부분인 동시에 부분들의 통합된 전체라는 전일적全一的 구조를 갖고 있으며 전체로서의 독립성과 개체로서의 의존성을 동시에 갖고 있다. 그리하여 모든 인간, 모든 생물, 심지어 무기물까지도 하나의 우주적 그물 속에 서로 연결되어 있으면서 협동하여 공진화하는 생명인 것이다.

'한살림'은 가치관에서는 한민족의 오랜 전통과 맥을 이어오고 있는 동학의 생명 사상에서 그 사회적·윤리적·생태적 기초를 발견하고 있다. 동학은 물질과 사람이 다 같이 우주 생명인 하늘을 그 안에 모시고 있는 거룩한 생명임을 깨닫고 이들을 '님'으로 섬기면서(侍) 키우는(養) 사회적·윤리적 실천을 수행할 것을 우리에게 촉구하고 있다.

자연과 인간을 자기 안에 통일하면서 모든 생명과 공진화해 가는 하늘을 이 세상에 체현시켜야 할 책임이 바로 시천侍天과 양천養天의 주체인 인간에게 있음을 동학은 오늘날 우리에게 가르치고 있다.

때문에 '한살림'은 생명 사상과 운동의 방향을 "생명에 대한 우주적 각성"이라고 제시하고 있다. 이러한 '한살림 선언'은 한살림 운동의 이념과 실천 방향을 확립하기 위해 오랜 기간 공부 모임과 토론회를 열어가며 합의된 내용을 김 시인이 정리해 1989년 '한살림모임' 창립총회에서 발표한 것이다. 이 선언은 '한살림모임'뿐 아니라 우리나라 생태운동, 환경운동, 협동운동 등의 사상적 배경과 지침이 되었다.

이 장문의 선언에 생명이 억압된 감옥이라는 절체절명의 순간에 강한 느낌으로 찾아든 '생명'이란 화두를 명상과 공부와 토론 등을 통해 심화하고 구체화한 김 시인의 생명 사상의 요체가 고스란히 들어있다고 볼 수 있다.

이런 생명 사상과 운동은 추모 좌담회에서 정상헌 씨도 말하고 김 시인 자신도 회고한 것처럼 지식인 사회와 운동권으로부터 '변절, 배신, 전열 이탈, 전열 혼란과 반동으로 몰리거나 심지어 혹세무민이라고 중상모략'을 당하기도 했다. 그럼에도 죽임에 바탕한 민주화운동을 살림의 생명 사상과 운동으로 끌어올린 것은 사실이다.

김 시인이 2018년 생전에 마지막으로 펴낸 책이 『우주생명학』이다. 그렇게 김 시인은 생명 사상을, 우리 민족의 정한情恨과 사상을 바탕으로 해서 철학, 종교, 과학, 미래학, 그리고 사회 사상과 미학 등을 두루 참고하면서 우주적으로 확장·심화시켜 나갔다.

3. 민족 사상과 상고대에서 21세기를 이끌 새로운 비전 찾기

동학과 우리 민중의 삶에 면면히 흘러온 민족 사상에서 생명을 탐구하며 김 시인은 21세기 인류의 네오르네상스를 위한 담론도 개진해 나갔다. 우주와 사회와 인간 삶의 운항 질서인 율려律呂와 단군 이래 민족의 핏줄을 흘러내린 풍류도風流道를 재조명했다.

그러면서 우주 만물이 제 생명을 참답게 다 누리고 살아간 소위 '골든에이지', 황금시대로 불리는 아득한 상고대 신시神市의 정치, 경제, 사회를 다각도로 파고들었다. 국경 없이 살아가는 21세기 신유목 시대의 평화와 번영과 신의를 위한 '접화군생接化群生'의 우주적 생명론을 우리 시대와 사회에 제시하기 위해서다.

"'모심!'

생각하자면 아득하다. 우리 민족 사상의 핵심이면서 이제부터의 새로운 인류문명의 윤리적 기준이 될 수밖에 없는 이 '모심'은 도대체 '산다는 것', 즉 생명이나 존재의 비밀인 듯도 싶었다.

중국인들이 고대부터 동이족을 일러 군자국君子國이라 부른 까닭이 바로 이 '모심'에 있었으며, 남명과 퇴계의 성리학이 주자 등과는 달리 성誠보다 경敬에 더 깊은 무게를 둔 것과 후천後天윤리와 세상의 삶의 중심을 '시侍' 한 글자에서 찾은 동학의 비밀, 바로 우리 민족과 고대 인류의 삶의 핵심 사상이 모두 다 '모심' 아니겠는가 하는 생각도 스쳐갔다."

『김지하 전집』을 펴내며 머리글로 쓴 '모심에 대하여' 한 대목이다. 양산 통도사에서 건너편에 있는 영취산을 바라보며 한 생각이 떠올라 쓴 서문이다. 이처럼 '모심'의 철학은 김 시인의 삶과 사상을 꿰고 있다. 동시대 사람은 물론 온 세상을 참답게 모시려 나온 담론들이 김 시인의 사상이다.

현존하는 우리 최고 역사서 『삼국사기』는 신라의 국제적 지성인인 최치원이 풍류에 대해 한 화랑의 비문碑文에 이렇게 썼다고 전한다. "나라에 현묘한 도가 있으니 이를 풍류라 한다. 이 교를 베푼 근원에 대한 내용은 『선사』에 상세히 실려 있다. 실제로 삼교를 다 포함하고 있으며 모든 생명과 접촉하며 이들을 감화시킨다(國有玄妙之道 曰風流 設敎之源 備詳仙史 實乃包含三敎 接化群生)."

최치원은 풍류를 유불선儒佛仙 삼교를 본래부터 포괄하고 있으면서 우주 만물과 접하여 교감하며 서로서로 살려내는 것이라 했다. 하여 인간은 물론 우주 삼라만상과 더불어 순조롭고 신명 나게 살며 세상을 널리 이롭게 하는 홍익인간弘益人間 정신도 풍류에서 나왔을 것이다. 물론 세상을 하늘의 이치, 도道로써 다스리는 재세이화在世理化 정신도 풍류에서 발원해 우리 민족의 핏줄을 연연히 흘러내리고 있는 것이다.

신시를 연 환웅으로부터 전해왔다는 '천부경天符經'과 '삼일신고三一神誥'에는 '우주 운항의 이치와 인간이 어떻게 신 같은 존재가 되어 이 땅에 대동세상을 여는가'라는 우리 민족의 깊은 철학이 담겨 있다. '삼일'은 3이 1이 되고 1이 3이 되는 순환의 진리에 따라 1인 신이 3인 인간이 되고 3인 인간이 1인 신이 되는 이치를 담고 있다.

1이 3이 되는 과정이 '성통性通', 3이 1이 되는 과정은 '공완功完'이다. 1은 일신강충一神降衷이고, 3은 성통광명性通光明, 재세이화, 홍익인간으로 볼 수 있다. 성통은 원래의 자신의 모습이 하느님의 참됨임을 깨닫는 것이다. 하느님의 참됨으로 되돌아가는, 자신의 본 모습을 되찾는 도통道通의 과정이 성통이다.

이것은 불교에서 누구에게든, 아니 우주 만물에 불성佛性이 있어 마음을 갈고 닦아 깨달으면 부처가 된다는 것과 같다. 유교에서 자기 자신을 극복하고 예로 돌아간다는 극기복례克己復禮의 현 실태와도 같다. 물론 신선神仙을 지향하는 도교와 그대로 상통한다. 공완은 성통으로 자기완성을 이룩한 사람이 자신의 내부 하느님 뜻으로 성통광명, 이화세계, 홍익인간 세상을 실현하는 것이다.

김 시인은 "풍류도는 모든 사상과 두루 소통하면서 뭇 생명을 다 살려내는 길"로 보았다. 해서 1996년 생명운동 확산과 우리 사회에 신바람을 불어넣기 위해 '신풍류회의'를 결성해 풍류를 폭넓고 깊이 있게 파고들었다.

"풍류도는 진화하는 우주 생명의 전일성全一性에 이르는 지극히 그윽한 길이다(玄妙之道). 현묘지도는 우주의 궁극적 실재인 생명에 합일되어 가는 도정道程이다. 우주 생명인 '한'에서 하늘과 땅과 사람이 생겨나고(一折三極), 하늘과 땅과 사람이 각각 생명을 지니면서 하나의 우주 생명에 합일되어 가는 것이다(大三合). 따라서 '한'은 없는 곳이 없고 포용하지 않는 것이 없다는 것이다(無不在無不容)."

김 시인은 앞서 살핀 '한살림 선언'에서도 위와 같이 풍류도와 '천부경', '삼일신고'를 한 궤로 놓고 살피며 단군의 개천, 개국 정신에 드러난 홍익인간, 재세이화를 재조명했다. 그러면서 대학 강단 등 여러 강연과 칼럼 등의 글을 통해 21세기 비전으로 쉽게 쉽게 제시하려 애썼다.

"아시다시피 '천부경'은 '천지인天地人' 삼극 사상에 기초를 두고 있습니다. 하늘과 땅과 인간, 그것은 '한'이라 부르는 우주 근원으로부터 셋으로 갈라져 나오며, 무궁무진한 조화의 전개와 생성을 거쳐 '인중천지일人中天地一'이라는 우주적 휴머니즘으로 완성됩니다. 그리고 '삼일신고'에 의하면 이 셋은 다시 하나로 귀일합니다.

인중천지일의 '천지공심天地公心' 또는 '우주 사회적 공공성'은 사람뿐만 아니라 동식물, 무기물과도 소통하는 마음, 곧 하느님 마음으로서 우주 만물의 마음과 통하고 그 죽음과 질병을 아파하는 마음이요, 성질입니다.

이 마음, 이 소통, 이 성질이 바로 풍류의 핵심인 '접화군생', 인간과 동식물과 무기물을 가까이 사귀어 감화, 변화, 진화, 완성, 해방시킨다는 그 내용을 성취하는 근거입니다. 즉 현대와 같은 인간 및 뭇 생명과의 소통 단절과 생태계의 전면적 오염 파괴의 시대에 뭇 생명의 속마음을 감동시키고 그 목숨을 소생, 치유하는 미적이고 윤리적인 패러다임이 되는 것입니다."

김 시인은 풍류의 요체인 '접화군생'이나 '천지공심'의 우주 사회적 공공성에 대해 실천적으로 대답할 수 있는 인간관은 '홍익인간'밖에 없다고 보았다. 그런 홍익인간의 사회적·과학적 활동 규범을 '재세이화'로 보고 세상을 순조롭게 운항시키는 그 활동 규범이 다름 아닌 '율려'라 했다.

"율려는 우주와 인간의 관계를 짚어서 '음音'으로 표현하고 그것을 조직해서 '악樂'으로 표현하는 것인데 이것에 따라서 음악과 예술이 되고, 이것이 사회적으로 전개될 때 사회적 예禮, 즉 문화, 도덕 등이 나타납니다."

모든 악기 음을 조율하는 중심음인 '율려'라는 음악 용어를 이같이 넓혀 본 김 시인은 한 천년의 말인 1999년 '율려학회'를 조직했다. 율려를 좀 더 심도 있게 연구하며 사람과 우주 만물이 공생할 수 있는 21세기 새로운 문명의 중심음의 뿌리를 찾기 위해서였다.

김 시인은 율려가 우주의 중심음이고, 인간의 중심음이며, 질서와 혼돈이 공존하는 거대한 우주 운항의 근본 원리로 봤다. 오늘날의 혼돈과 복잡성, 탈중심은 이성과 질서를 중심 가치이자 원형으로 섬겨오던 이제까지의 '중심음'이 깨졌기 때문으로 봤다. 지구가 생태 환경 파괴와

오염, 기상 이변, 여러 생물의 멸종, 도덕성의 황폐화 같은 위기를 맞게 된 것도 이 때문이란 것이다.

따라서 사람과 정치·경제적 구조, 지구 생태계에 닥친 위기에서 벗어나려면 우주와 인간에 몰아치고 있는 전체적 변화의 흐름과 이치를 깨닫고 여기에 맞는 새 율려, 즉 새로운 중심 원리를 찾아야 한다는 것이다. 새로운 율려를 찾는 과정은 병든 지구 환경을 바로잡는 사회 치유의 과정이며, 자연과 사람이 서로 소통하며 공존하는 '신인간 운동'이다.

율려에서 '율'은 양陽이고, '려'는 음陰이다. 문명시대 이래 인류는 음보다는 양을 중심으로 한 황종黃鍾을 중심음으로 잡아 왔다. 이에 따라 세상의 모든 음악과 사회는 양, 즉 남성 중심의 질서와 조화, 코스모스 세상을 이뤄왔다는 게 김 시인의 설명이다.

해서 김 시인은 율려의 핵심 원리를 팔려사율八呂四律이라 했다. 려와 율, 즉 음과 양이 6대 6이 아닌 8대 4의 비대칭 속의 균형, 이 역동적인 균형이 혼돈(카오스) 속의 질서(코스모스)를 발견할 수 있는 원리를 담고 있다는 것이다.

그런 비대칭 속의 역동적인 균형을 김 시인은 월드컵 축구 때 수만 명이 질서 있게 '대~한, 민국'이라 응원하며 손뼉을 치는 3, 2박의 엇박자 속에서 실제로 봤다. 새로운 세계의 문명과 질서는 이 엇박자 같은 역동적인 균형, 혼돈 속의 질서(카오스모스)에 있다며 그 새 시대를 여는 열쇠를 아득히 먼 시대, 우주를 낳고 운항하던 음악으로 보아온 율려에서 찾고자 한 것이다.

이처럼 김 시인의 율려와 풍류 사상과 운동은 21세기 새로운 인간과 질서를 모색하기 위한 것이다. 그런 상고대의 사상을 탐구하는 한편, 민족의 저 아득한 상고대 신화시대를 역사시대로 불러와 새로운 문명시대의 빛을 비추려 했다.

"국조 단군의 뿌리와 줏대를 찾아 민족 고유의 주체적 사상을 건설하고 물질적·정신적 공황에 빠진 현실에 활로를 제시하는 것입니다. 그것을 중심으로 한 인류의 새 르네상스를 통해서 아시아 고대의 문화, 즉 9천 년에서 1만4천 년까지 소급하는 환인과 그 이전 시대의 중앙아시아, 바이칼호, 천산산맥으로부터 소아시아, 수메르와 티베트, 중국 동북·동남 해안과 초나라 영역 및 시베리아, 만주, 한반도와 일본 규슈 등 아시아 전체를 지배했던 '한' 문명에서, 적어도 미래 세계가 요구하는 자본주의 질서 이후의 문화, 정치, 경제의 전지구적 세계 체제와 주변 태양계 및 은하계적 질서 조정 방법이 나와야 할 것입니다."

김 시인은, 민족 고유의 주체적 사상인 풍류도와 율려 사상을 바탕에 깔고 그런 사상이 지배하던 단군시대 너머 우리의 머나먼 상고대를 신화시대가 아닌 역사시대로 불러오려 했다. '신시神市'로 불리며 신이 내려와 세우고 다스렸다는 신의 나라요, 도시요, 시장처럼 황금시대를 이룬 상고대의 정치, 경제, 사회, 문화를 탐구해 위에 말한 것처럼 동방을 넘어 전 세계, 우주적인 네오르네상스시대를 통 크게 열려고 했다.

한 천년이 다음 천년으로 넘어가던 1999년 김 시인은 고대 연구가들을 불러모았다. 나선화(고고학), 김영래(고대경제인류학), 이정우(철학), 김상일(철학), 박희준(상고대사학), 우실하(동양 사회 사상) 씨 등과 필자를 비롯한 언론인 등 열 명 남짓이 한 달에 두어 차례씩 모여 장시간 공부와 토론을 했다.

대주제는 '고대로부터의 빛, 21세기의 비전'으로 잡았다. 국가가 형성된 단군 너머 우리 민족의 아득한 고대, 유목과 채집 사회와 사상으로부터 21세기 신유목시대의 비전을 환하게 밝혀보자는 기획이었다.

밀레니엄 교체기인 당시 우리와 세계의 시대상은 어떠했던가. 소비에트공화국이 해체되고 동유럽 공산권 국가들이 잇달아 민주화되면서 20세기를 옥죄던 전쟁과 냉전의 시대는 끝나는 듯했다.

그러나 자본주의 대 사회주의의 건강한 긴장이 풀어지고 자본주의 일색으로, 돈이 곧 권력과 신이 되는 물신주의로 빠져들었다. 인간과 사회의 부패상이 도를 넘어서고 종말론까지 보태지며 혼란으로 빠져들고 있었다.

서양 언론들은 이 같은 대혼란을 '빅 카오스'라 불렀다. 위정자와 학자들은 사회, 인간, 자연의 총체적 위기라고 하면서도 그 해결책을 제시하지 못하고 있었다.

우리나라는 1998년 김대중 대통령의 국민의 정부가

들어서 민주화 결실을 거두는 듯했으나 이내 혼란에 빠져들었다. 사회주의 국가의 현실적 몰락과 함께 재야在野의 자생적이고 견실한 사상과 이념이 썰물처럼 빠져나가 버리고 있었다.

더구나 1997년에 불어 닥친 IMF 외환위기는 수없이 많은 실업자를 거리로 내모는 경제 구조조정을 거쳐 우리 사회를 후기 자본주의 사회로 편입시켰다. 거기에 인터넷 공간의 생활화로 글로벌 사이버 신유목, 디지털 노마드 시대로 대책 없이 접어들며 정체성의 혼란을 가중시키고 있었다. 그런 밀레니엄 교체기, 다가오는 천년을 건강하게 이끌 담론을 우리 민족의 저 먼 상고대 역사와 사상에서 찾아보자는 것이었다.

"고조선의 신화를 역사로 실증하는 과정은 다만 실제성 여부에 대한 고증된 한정된 일이 아니라, 그 역사적 존재 가치, 그 세계관과 문화의 핵심을 살핌으로써 하나의 새롭고 탁월한 해석학을 탄생시켜야 한다는 것이 우리의 희망이고 주장이었다.

예컨대 '신시'를 상식선에서 '신성 공동체' 따위로 종교적 해석만을 내려가지고는 한 발자국도 전진하지 못하는 것이니, 가령 '신神'의 우주적·생태적·인간학적 관점과 '시市'의 사회적·경제적·시장적 접근을 연결시키는 포틀레치와 비슷한 '계꾼'들의 호혜시장으로 볼 수는 없는가? 또 화백和白의 경우 전 인류가 꿈꾸어 마지않는 전원 일치제적인 복합적 직접민주주의 정치의 원형으로 그 가설을 세울 수는 없는가? 그리고 풍류를 우주 생명의 생태학적인 사이버문화로, 솟대를 그 문화의 디지털적 교육장이요, 파급처요, 유목민들의 생명 문화적 거점으로 인식하고 증명할 수는 없는가? 요컨대 풍류는 새 시대가 요구하는 '몸속에서의 디지털과 에코의 결합'이 아닐까? (중략)

바로 그와 같은 기초 관점에서 모든 문화와 사상과 철학과 역사를 다시 보는 동북아시아의 일대 문예부흥을 일으키고, 그것을 터전 삼아 새로운 세계적 문화혁명을 탄생시킬 수 있지 않겠는가?"

물음이 계속되는 회고록 위의 한 대목처럼 김 시인이 가설로써 통 크게 구상한 프로젝트가 '고대로부터의 빛, 21세기의 비전'이었다. 강단사학자들은 사실史實에 엄격

해야 하는 직분상 엄두도 낼 수 없는 단군시대 그 너머의 초 상고사를 여러 학자와 함께 그런 물음들과 가설과 시적 상상력으로 뚫어보려 한 것이다.

세기말적 증후군을 치유하고 새 밀레니엄의 비전을 서양에서 내지 못하고 있는 것은 고대 발칸이나 희랍의 사상적 원천이 고갈되었기 때문이다. 따라서 고대 서양에 비견되는, 고대 중국의 세련된 사상체계보다 그 훨씬 이전 동아시아의 상고시대에서 창조적 담론을 새롭게 찾으려 한 것이다.

"고대 신시의 사회상, 음악, 예술, 결혼, 장례, 정치, 경제를 재구성해서 미래의 인류가 구현해야 할 성스러운 시장, 성스러운 사회, 경제 질서, 인간의 얼굴을 할 뿐 아니라 지구의 생태계, 그 비인간적인 자연 주체도 시장 안에 끌어안는 자본주의의 대안으로서의 새로운 세계 시장의 모델을 고대 신시로부터 비전으로 구성하는 것입니다."

동방 르네상스의 담론 창출과 함께 그 구체적인 생활상을 생생하게 무대에 재현해보려고 했던 기획은 이러저러한 이유로 끝내 무산되고 말았다. 그럼에도 김 시인이 우리 아득한 상고사에서 던진 물음들은 인간과 사회의 정체성을 묻고 있는 오늘날 더욱더 유효할 것이다.

이렇듯 김 시인은 우리 민족의 아득한 원류인 마고성으로부터 신시神市, 단군 시대를 거쳐 동학으로 이어지는 시대와 사상을 연구하며 우리 시대를 더 낫게, 건강하게 이끌려 했다. 어느 사상이나 종교, 이론적 틀에 갇히거나 메이지 않고 시적 상상력의 역동성으로 자유스럽게 시공時空을 넘나드는 영원한 유목의 정신으로.

4. 빛과 그늘을 다 껴안고 신명으로 가는 '흰 그늘'의 미학

'흰 그늘.' 이는 김 시인이 생전에 가장 많이 말하고 쓰고 한 용어다. 그만큼 김 시인의 삶과 시와 사상을 관통하고 있는 말이 흰 그늘이다. 깊고도 넓게 응축된, 좋은 시적 이미지 같은 이 말을 볼 때마다 필자도 이상하리만큼 깊고 환하게 보고 느껴온 흰 그늘에 대해 떠올려보곤 한다.

어두침침한 나무 그늘 아래로 내리는 환한 햇살. 햇살 그림자 진 푸르고 붉은 나뭇잎 색색들의 황홀한 나무 그늘을 생각한다. 또 환한 대낮을 흐르는 시냇물 속의 햇살, 물살 그림자도 떠올린다.

햇살에 파문 지며 층층이 어룽지는 것이 햇살인지 물

살인지 아니면 그 그림자들인지 종잡을 수 없이 번져가고 흘러가는 시간이며 공간, 우리네 삶과 저 우주 겹겹의, 층층의 속내를 흰 그늘 이미지는 떠올리게 한다.

언제이던가, 머문 적 없이 흘러가기만 하는 봄날을 그냥 보내기 아쉬워 노시인 몇 분 모시고 충청도 금강에 꽃놀이 간 적이 있다. 산자락에서 날려온 꽃, 꽃 이파리들이 그야말로 비단처럼 흘러 비단 강, 금강錦江이라 불리는가.

강가 버드나무 아래에 앉아 물살을 한참 들여다봤다. 환하게 쏟아지는 봄 햇살 속에 버드나무꽃 날리며 물살에 떠가고, 물 위 꽃 이파리에 또 햇살은 쏟아져 꽃그림자, 물그림자 어룽지고.

그때 아득히 시공을 초월해 저 먼 부여 어느 강가에 서 있는 버드나무꽃 처녀 '유화柳花'가 떠올랐다. 갇힌 어둑한 방 안에서 환하게 쏟아지는 햇살을 받아안고 고구려를 건국한 주몽을 낳았다는, 물의 신 하백의 딸 유화가 버드나무꽃 흰 그림자로 떠올랐다. 김 시인도 『삼국유사』에 나오는 유화 이야기를 전하며 흰 그림자는 그렇게 생명의 빛이며 우리 민족의 미학적 원형이라 했다.

김 시인은 '흰 그늘'은 한恨을 삭이며 생겨나는 '그늘'에서 나오는 '흰' 빛이라 했다. 서로 엇갈려 모순되는 것들을 통합하는 상생과 조화의 미학이 '흰 그늘'의 핵심이라 했다.

"흰빛과 그늘은 상호모순됩니다. 그늘이란 삶의 신산고초를 말하고 흰빛은 신성한 초월성을 뜻합니다. 이 두 개의 모순된 명제가 서로 만날 수 있을까? 지용 선생의 「백록담」에서 '흰 그늘'이 나타난다고 생각합니다.

그늘이란 판소리나 시나위, 춤에서까지도 통용되는 미학적 원리입니다. 판소리에서 아무리 소리를 잘해도 귀명창들이 '저 사람 소리엔 그늘이 없어!' 그러면 그 사람은 끝납니다. 그늘이란 두 가지, 즉 삶의 윤리적 측면에선 신산고초가 극심한데도 그것을 넘어서려고 애쓴 성실한 인생의 흔적이고 미학적으로는 목에서 몇 사발의 피가 터져나오는, 지독한 독공수련의 결과입니다.

우리의 선조들은 윤리적 삶과 미학적 삶이 일치해야 한다고 가르쳤습니다. 컴컴한 고통의 흔적이 없는 초월성은 공허하며, 우리 민족의 빛이기도 한 신성한 흰 빛과 결합하지 않는 어두운 고통만의 예술은 맹목입니다."

2002년 정지용 문학상 수상 연설의 한 대목으로 흰 그늘 미학을 비교적 쉽고 설득력 있게 펴고 있는 대목이다. 그러면서 맹목적 초월주의와 현실주의 양쪽의 극단을 경계하고 있다. 고통의 컴컴한 그늘과 신성한 흰 빛이 함께해야 진정성도 나오고 감동도 우러난다고. 윤리적 삶과 미학적 삶이 일치한 데서 흰 그늘의 미학은 나온다는 것이다. 김 시인은 시 세계는 그런 흰 그늘의 미학으로 일관되고 있다.

"아아 척박한 식민지에 태어나/총칼 아래 쓰러져 간 나의 애비야/어이 죽순에 괴는 물방울/수정처럼 맑은 오월을 모르리 모르리마는//작은 꼬막마저 아사하는/길고 잔인한 여름/하늘도 없는 폭정의 뜨거운 여름이었다"

데뷔작 「황톳길」 한 대목이다. 캄캄한 역사와 현실 의식에서 '수정처럼 맑은 오월'의 빛이 나오고 있는 시다. 독재와 죽임에 항거하는 시이면서도 널브러진 주검과 함께 숭어가 펄떡펄떡 뛰고 있는 흰 그늘, 생명의 시로 읽히는 시다. 김 시인의 시는 이렇게 시작부터 생전 마지막 시집의 제목으로 그대로 쓸 정도로 '흰 그늘'로 일관되어 있다.

"이 사무친 원한과 뼈저린 정한이 무거운 쇠사슬을 끄는 소리로 내 마음을 따르고 있는 한, 나는 아무것도 할 수 없음을 확실하게 느낀다. 단 한 줄이나마 그들의 진혼을 위해 써야 한다고, 말해야 한다고 하는 것이 나의 하나의 강박관념이었다. (중략)

그러나 이 소리들, 이 모든 말, 말, 말들은 과연 초혼인가, 진혼인가? 불림인가, 살풀이인가?"

위 회고록 한 대목처럼 김 시인의 시편들에는 '사무친 원한과 뼈저린 정한'의 그늘이 짙게 깔려 있다. 업보의 무거운 쇠사슬처럼. 그러나 그런 그늘의 사슬에 묶여 있으면 삶과 시가 한걸음도 나아갈 수 없다. 그래 그런 삶과 원혼들을 불러 진혼하고 살풀이해야 함을 절절한 체험으로 토하고 있는 대목이다.

그런 원과 한의 신명 난 살풀이가 '흰 그늘'이다. 그런 삶과 시작詩作 체험에서 나온 흰 그늘의 미학이기에 철저하게 민족적이고 민중적이다.

"내겐 '흰 그늘'이 분명 유일 화두다.

범박하게 말해 '흰빛'은 신성한 초월이요, 평화이며 광명이다. 그것은 또 우리 민족의 빛이니 '밝'이자, '한'이요, '불함不咸'이다. 그것은 깊숙한 빈방에서 일어서는 것임에 다름 아닌 '무늬(文. 紋)'다. 안에 안에, 속에 속에 숨어 있다는 그 무늬, 흰빛이 배어나오지 않는 그늘은 감동을, 새 차원을 만들어내지 못한다.

그것은 물론 신산고초요, 고통이고 어둑어둑함이며 피를 쏟고 뼈를 깎는 극한적인 독공毒公의 결과다. 그리고 그것은 이미 그 스스로를 슬픔과 기쁨, 골계滑稽와 비장悲壯, 이승과 저승, 남성과 여성, 주체와 타자를 아우르고 있는, 움직이는 모순동거요, 혼돈한 모순어법이다.

아무리 소리 좋고 너름새 훌륭한 소리꾼이라 하더라도 그 소리에 그늘이 없으면 이미 끝이다. 우리 민족은 전통예술의 큰 미학적 원리를 '신명'이나 '활동하는 무無'나 '한'이나 '시김새(삭임)'나 '멋'과 '엇'과 '울림' 등과 함께 이 그늘에서 발견하고 있다. 그늘은 삶의 태도이자 아름다움의 조건이다. 예술적·윤리적이면서 미학적인 새로운 패러다임이 바로 '그늘'이다.

그러나 이처럼 중요한 그늘도 흰 그늘이 되지 못하면 창조적인 새 차원을 열지 못한다. 그것은 기존 차원의 이중성, 양면성, 모순과 일치할 뿐이다. 기존 차원 밑에 숨어서 그것들을 추동, 비판, 제약하고 마침내는 때가 차서 그 스스로 눈에 보이도록 현현하는 새 차원과 양면적인 기존 차원 사이의 창조적 얽힘, 엇섞임, 그것이 '흰 그늘'이다. 중력의 밑으로부터 배어나오는 은총이자 초월이다. 이것이 바로 우리가 잃어버린 '아우라'요, '무늬'인 것이다. (중략)

연담 이운규 선생이 김일부 선생에게 내린 수수께끼 화두인 '그늘이 우주를 바꾼다(影動天心月)'의 바로 그 '그늘'이 '흰 그늘' 아니었을까?"

김 시인 자신의 삶과 시와 사상과 미학을 아우르는 총괄 테마인 '흰 그늘'에 대해 회고록에서 이야기하고 있는 대목들이다. '흰빛'의 우리말 어원까지 파고들며 민족의 시원으로부터 흘러온 빛임을 밝히고 있다.

민족, 민중예술의 총화인 판소리 등을 불러와 '흰'과 '그늘'의 상호모순을 기계적 통합이나 정반합正反合의 변증법적 통일로 보지 않고 서로서로 녹아들어 삭히는, 삭힘의 미학으로 보고 있다. 신산고초의 삶의 체험, 그런 현실의 중력을 삭히고 삭혀야만 비로소 나올 수 있는 빛. 그래서 '흰 그늘'의 빛은 환하고 신성하면서도 현실을 훌쩍 뛰어넘는 초월의 빛이 아니기 때문에 윤리적이란 것이다.

그러면서 김 시인은 '흰 그늘'에서 도학자 이운규가 화두를 던져 김일부로 하여금 주역을 정역으로 바꾸게 한 '영동천심월影動天心月'까지 떠오르게 한다. '흰 그림자'가 우주를 낳고 생생하게 운항하는 천심 아닐까 하고. 이렇게 '흰 그늘'은 시학과 미학을 넘어 우주적 생명 사상의 구체적 이미지를 띠고 있기도 하다.

"신명 또는 집단적 신명이란 쉽게 설명드리자면 바로 처음에 말씀드렸듯이 민중적 삶의 본디 성품입니다. 그것은 죽임과의 접촉을 통해 죽임으로부터 '인위적으로 살려지고 죽임과의 관계에서 새롭고 또 힘차게 살아나는' 민중적 삶의 살이 생동하는 자유입니다. (중략)

신명이란 일과 놀이, 개체와 집단, 주체와 객체, 의식과

물질, 언어와 언어 관계들 사이에 위치한 여러 가지 형태의 구별 밑에서, 구별 속에서 그리고 그것들을 넘나들면서 그것들을 다 싸잡아 끊임없이 왜곡된 생명의 옮김 또는 죽임으로부터 해방하되, 왜곡된 생명의 체험 또는 죽임의 정서 체험과의 접촉 속에서 해방하고, 또한 그러한 접촉 속에서 그 죽임의 경향들을 전향시키면서 새롭게 더 큰 하나로 아우르며, 삶 그 스스로를 스스로 해방해 나가는 이른바 '생명 에너지의 고양된 충족'인 것입니다. 이것이 바로 신명 또는 집단적 신명입니다. 생명 에너지, 특히 민중적 삶에 있어서의 민중적 생명 에너지의 고양된 충족, 바로 이것이 민중적 미의식의 핵심 내용입니다."

1985년 '민족문학의 밤' 행사에서 진보적 문인들을 대상으로 '민중문학의 형식 문제'라는 주제로 강연한 내용 중의 한 대목이다. 그때까지만 하더라도 김 시인에게 예감은 꽉 차 있었는데 명확히 잡히지 않은 '흰 그늘'이란 이미지를 '신명'이란 말이 대신하고 있었다. 후에 김 시인도 '신명이 곧 흰 그늘'이라고 누누이 밝혔다.

우리는 저절로 흥겨운 기분이 일어날 때 흔히 '신명난

다'고들 한다. '신명'은 그런 순우리말이면서도 하늘과 땅의 신령스러운 기운 '신명神明'이란 한자도 동반하고 있음을 우리는 신명 난 체험을 통해 모두 알고 있다. 그런 '신명'이 곧 김 시인이 온몸으로 체험하며 파고 들어간 '흰 그늘'이다.

'흰 그늘'에는 '흰'과 '그늘'이라는 이분법적인 상반된 구분이 없다. 그런 상반의 양단을 다 껴안는다. 구분 이전의 태초의 생명 에너지이다. 그런 생명 에너지가 고양되었을 때 우리는 '신명 난다' 말하고 있는 것 아닌가. 그렇게 신명 나는 것이 '흰 그늘'인 것이다. 그러므로 '흰 그늘'은 우주 만물 다 살려내는 생명 사상의 이미지와도 그대로 직결되는 것이다.

"'검은 산 하얀 방'이 내 넋의 떨림과 흐름 중에 계속되고 있다는 점, 그럼에도 이제는 모순되면서 일치하고 조화하는 '흰 그늘의 길'로 진행되고 있다는 점이다." 제목도 '흰 그늘의 길'이라 잡은 회고록 한 대목이다.

'검은 산 하얀 방'은 김 시인이 구술口述하고 일절 수정도 하지 않고 전작으로 1986년 펴낸 시집 제목이다. 모든 것을 살아 뛰뛰게 하는 신명, 검은 산과 하얀 방의 흰 그늘 스스로 쓴 시편들로 볼 수 있다.

눈부신 흰빛과 캄캄한 그늘. 그 이중적 분열에 정신병적 증세에 시달리며 치료까지 받아온 김 시인이 그런 모순과 분열을 다 껴안으며 나온 삶과 시와 미학과 사상의 총화, 그 이미지가 '흰 그늘'이다.

"김지하는 이 땅의 질곡의 현대사를 온몸으로 돌파하면서 누구보다 오랜 수난과 고통을 전면에서 감내해 왔다. 전반기에는 불온한 지배 세력에 대한 직접적인 저항에서 점차 그런 불온한 세력까지 순치시켜 포괄하는 생명, 살림의 문화와 문명을 재건하는 방향으로 나간다. 21세기 인류사회의 네오르네상스를 향한 예언적 목소리를 다각도로 펼쳐냈다.

지하의 사상은 동서고금을 넘나들며 확산되다 우주까지 가는 원심력이다 마침내는 지금 우리 시대로 돌아온다. 동서양, 논리와 초논리, 직관과 영감, 시와 사상과 종교와 과학이 융합돼 있다."

김지하 시인 연구로 박사학위도 받고 여러 차례 대담

을 하며 『김지하 마지막 대담』을 펴낸 문학평론가 홍용희 씨의 김 시인에 대한 총체적 평이다. 삶과 시와 사상이 좀 더 넓고도 깊게 우주 만물을 살리기 위해 저 우주까지 펴져 나갔다 지금 여기 우리 시대와 사회로 돌아오는 체험과 현실에 바탕하고 있다는 것이다. 아, 그러나 아서라. 이런 평 또한 김 시인이 그토록 꺼린 기성의 틀에 가두는 것일 것을.

"어떤 사람의 사상을 얼핏 보고 쉽게 무엇이다, 무엇이다 하고 규정해 버리거나 무슨 파, 무슨 주의자로 단정해 버리는, 참으로 오랜 습관이 된, 그 경솔함을 이제 다시는 범하지 말고 그 사상과 함께 나와 민족과 세계 인류와 지구, 우주를 걱정하고 새 길을 모색하는 자리에서 토론하며 밤을 새우는 슬기와 용기의 긴 여정에 참가하라고 충고하고 싶다."

김 시인은 회고록에서 이렇게 우리에게 충고하고 있지 않은가. 김 시인은 이 험한 세상에서 저 이상향으로 건너는 징검다리 돌 몇 개만 화두로 던져 놓았을 뿐이다. 타성적, 관행적 발상이나 사상에서 벗어나는 슬기와 용기로써. 그렇게 던져놓은 화두들은 여러 각도에서 답을 계속 요구하고 있기에 김 시인 사상의 여정은 아직도 진행되고 있다.

에필로그

나, 지하가 말한다

내 내력을 생각할 때마다 마음 귀에 들려오는 황량한 물결 소리가 인다. 그 물결 소리 저편에는 검은 섬 하나가 우뚝 서 있다. 번뇌의 검은 점. 내 선조가 뭍에서 몸을 피해 건너던 바다 한복판에 떠 있던 섬. 그 검은 점이 내 번뇌의 씨, 운명의 뿌리다.

섬 토종들과 달리 뭍에서 도망쳐와 뿌리내린 우투리들은 기골 장대하고 성정 억세고 머리 좋고 뜨거운 반역의 핏줄이다. 내 핏줄에도 그런 뜨거운 피가 흐르고 있음을 실감했고 기꺼이 받아들였다.

내 지난 삶이 참으로 들쑹날쑹이다. 때론 천둥과 번개 속에서 벌거벗고 떨었고 숱한 세월 술에 파묻혀 허우적거렸는가 하면 병으로 인해 몸과 마음이 자지러지기도 했다. 또 때로는 오기와 객기로 설치기도 하고 그런가 하면 비겁하게 잔뜩 움츠러들기도 했다.

그러나 그중에도 한 가지 일관된 것이 있다면 고통스러운 일상 속에 피어날 오묘한 생명의 개화에 대한 끈질길 그리움이랄까 기다림이랄까, 뭐 그런 것이겠다. 벌레먹은 나무에서도 씨앗은 떨어지듯 한 씨앗이 떨어졌으니 그것이 바로 '생명'이다.

'씨뿌리는 사람'은 내 별명 중 하나다. 비록 꽃 한 송이 피우지 못했더라도 씨만 제대로 뿌렸다면 억울한 것은 없겠다. 다만 만연된 죽임 속에서 삶을 삶답게 살리려 애썼다면 그 과정이 곧 꽃이 아니랴!

내 길었던 감옥 생활은 참혹한 것이었다. 막힌 것을 뚫으려 하다 보니 막힐 것도 뚫을 것도 없는 생명의 드넓음에 부딪히게 됐다. 내 삶은 그런 생명의 드넓음의 새 지평을 발견하고자 하는 몸부림이기도 했다. 그런 몸부림은

행복이기도 했다. 고통의 바다를 건너는 우리네 삶 자체가 또한 그런 감옥 생활 아니랴!

한때, 우리에게는 합리적이고 분석적인 사유가 중요했던 적이 있었다. 이른바 운동권의 논리가 그렇다. 좋은 영향도 있었지만 세상에 나쁜 영향도 끼쳤다.

거기서는 윤리적 태도를 배울 수 없었다. 또한 죽을 정도로 자신을 혹사하기도 했다. 이제부터라도 우리가 싸우느라 잊어버린 내면적인 평화, 모심을 회복하면서 살아야 한다고 봤다.

그래 내 자신이 '요기—사르'가 되길 원했다. 내면으로는 영적인 수도 생활을 하고 외면으론 세상의 변혁을 꿈꾸는 혁명가로 살고 싶었다. 이런 생각은 최루탄 가스 매운 20대 데모 현장에서부터 계속해 왔던 것이다.

어떻게 하면 마음도 편하고, 세상도 바꿀 수도 있을까 생각했다. 그러다 보니 마르크스도 만났고, 불교에도 심취했으며, 가톨릭에도 다가갔고, 동학에도 입문하게 되었던 것이다.

내 일생을 관통하는 주제를 굳이 말하라고 한다면, 영

적 명상가와 현실적 혁명가, 그 양쪽을 다 선취하는 것이었다. 내 삶과 사상의 진폭이 컸다면 그런 내 취향 때문일 것이다.

내 지난 삶을 다시 둘러보니 어허, 그것참 안타깝고 미진하구나. 늦가을 바람에 날리는 허연 갈대처럼 이리저리 씨만 흩뿌린 감 없지 않구나. 우투리로서 중뿔나게, 모나게 굴고, 잘난체하며 너무 거칠게 살아 남의 맘을 다치게 하지는 않았는지.

기실 난 별볼일없는 사람이다. 이 세상에서 쫓겨나 구만리 장천을 의지가지할 데 없이 떠도는 초라한 한 광대의 넋이다. 대쪽 같은 선비도 아니고 영웅적인 투사도 아니었다. 그저 바람이 불면 눕고 그치면 일어서는 풀이요, 그 풀들의 넋일 뿐이다.

나는 개벽을 향한, 부활을 향한 민중의 고통에 찬 전진 속에서, 내게 주어진 진흙창의 삶 속에 피는 연꽃이 되려 꿈꿨다. 남에게는 쉽사리 이해받을 수 없는 나만의 십자가를 지고 민중과 함께 있기를 소망했다.

민중의 한 사람으로 우주 삼라만상과 살갑게 어우러

지며 모든 생명을 다 제 삶답게 살려내는 홍익인간, 접화 군생의 민족 사상을 갈고 닦고 퍼뜨리며 여러분을 잘 모시고 새 세상을 열려는 꿈으로 살아왔다. 그런 내 소망과 꿈이 어느 시대, 어느 세상에서든 좀 더 나은 세계로 건너가는 징검다리 돌 하나가 되었으면 좋겠다.

광활할 우주를 떠돌며, 삼라만상에 깃들며 모시며 나, 지하가 삼가 독자들께 아뢴다.

후기

중알일보를 그만두고 이제 기약도 없는 세상으로 떠나야 할 내게 지하 선생이 난을 쳐서 보내왔다. 꽃 몇 송이 소담스럽게 피워놓고 이파린 끊어질 듯 이어지며 바람에 날리는 표연란飄然蘭 묵화墨畫였다.

표표히 바람에 날리는 이파리 위에 큼지막하게 쓴 글씨는 '송려送旅'였다. '여행길 부디 잘 떠나시라'는 화제畫題를 보니 난초 이파리가 길처럼 보였다. 끊어질 듯 이어지며 저 황막한 광야를 거쳐 저, 저 광활한 우주에 이르러 우주 삼라만상과 한통속이 되는 길.

그런 표연란을 한참 들여다보고 또 보고 하니 내 가야

할 길과 함께 김 시인의 길도 보이는 듯했다. 묵선墨禪 수행, 먹참선으로 친 난이기에 남들을 지극히 모시며 더 나은 세계로 함께 가려는 시인의 진정이 그림에 자연스레 담기지 않았겠는가. 그런 모심의 진정성으로 그림과 글 끝에 '경인시敬人侍', 공경해 모신다라며 낙관도 찍었다.

그런 '경인시' 마음으로 김 시인의 삶과 시와 사상을 쭉 훑어봤다. 기성의 틀에 갇히지 않고, 한 줄로 정연하게 꿰어지지도 않아 어려워 오해도 낳고 있는 김 시인의 진정을 쉽게 쉽게 풀고 정리해보려 애썼다. 그러나 뒤에 남는 건 족탈불급足脫不及의 여전한 미완감未完感뿐이라니! 앞으로 두고두고 고치고 보충해나갈 것이다.

2024년 여름 서울 홍은동 북한산자락 우거에서
이경철 모심

한국 인물 500인 선정위원회 (가나다 순)

위원장: 양성우(시인, 前 한국간행물윤리위원장)

위원: 권태현(소설가, 출판평론가), 김종근(前 홍익대 교수, 미술평론가), 김준혁(한신대 교수, 역사), 김태성(前 11기계화사단장), 박상하(소설가), 박병규(민화협 상임 집행위원장), 배재국(해양대 교수, 수학), 심상균(KB국민은행 금융노동조합연대회의 위원장), 윤명철(前 동국대 교수, 역사), 오세훈(씨알의 소리 편집위원), 이경식(작가, 번역가), 오영숙(前 세종대학교 총장, 영어학), 이경철(前 중앙일보 문화부장, 문학평론가), 이덕수(시민운동가, 시인), 이동순(영남대 명예교수, 시인), 이덕일(순천향대 교수, 역사), 이순원(소설가), 이종걸(이회영기념사업회장), 이종문(前 계명대 학장, 시조시인), 이중기(농민시인), 장동훈(前 KTV 사장, SBS 북경특파원), 하만택(코리아아르츠그룹 대표, 성악가), 하응백(前 경희대 교수, 문학평론가)

한민족의 정체성을 만든 인물들을 통해, 삶의 지혜와 미래의 길을 연다.

고대 배달 민족의 얼인 고대 동아시아 지배자

대동 세상을 열려는
너희 본디 마음이 나 치우다

"나는 천산산맥 넘어 해 뜨는 밝은 곳을 향해 내려와
신시 배달국을 열었다. 너도 하느님 나도 하느님, 너도 왕이고
나도 왕이니 서로서로 섬기는 대동 세상 터를 닦고 넓혀왔다.
하여 뭇 생명이 즐겁고 이롭게 어우러지는 세상을 열려는
너희 본디 마음이 곧 나일지니."
- 치우천황이 독자에게 -

이경철 지음 | 값 14,800원

근세 현모양처의 대명사인 한 여성의 삶과 꿈

나는 사임당 이다

많이 알려졌어도 실제
내 삶을 아는 사람은 드물구나

"나만큼 많이 알려진 인물도 없다. 그러나 나만큼 제대로
알려지지 않은 인물도 없다. 율곡의 어머니, 겨레의 어머니,
현모양처의 모범과 교육의 어머니로 많이 알려졌어도
실제 내 삶이 어떠했는지 아는 사람은 거의 없다.
나는 내 삶을 바르게 살고 싶었을 뿐이다."
- 사임당이 독자에게 -

이순원 지음 | 값 14,800원

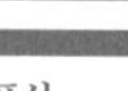

근대 

'완전한 인간'을 위한
자기 단련의 길이 나 퇴계다

"나는 책이 닳도록 수백 번을 읽었다. 그랬더니 글이
차츰 눈에 뜨였다. 주자도 반복해서 독서하라고
이르지 않았던가? 다른 사람이 한 번 읽어서 알면,
나는 열 번을 읽는다. 다른 사람이 열 번 읽어서
알게 된다면, 나는 천 번을 읽었다."
- 퇴계가 독자에게 -

박상하 지음 | 값 14,800원

근대 삼한갑족 노블레스 오블리주의 대명사

나는 이회영이다

**동서고금을 통해 해방운동이나
혁명운동은 자유와 평등을 추구하는 운동이었다.**

"한 민족의 독립운동은 그 민족의 해방과 자유의 탈환을 뜻한
이런 독립운동은 운동 자체가 해방과 자유를 의미한다.
태고로부터 연면히 내려온 인간성의
본능은 선한 것이다."
- 이회영이 독자에게 -

이덕일 지음 | 값 14,800원

근대 육성으로 직접 들려주는 독립군의 장군 일대기

나는 홍범도다

**내가 오지 말았어야 할 곳을 왔네,
나를 지금 당장 보내주게**

야 이놈들아, 내가 언제 내 흉상을 세워 달라 했었나.
왜 너희 마음대로 세워놓고, 또 그걸 철거한다고 이 난리인기
내가 오지 말았어야 할 곳을 왔네. 나를 지금 당장 보내주게.
원래 묻혔던 곳으로 돌려보내주게.
나는 어서 되돌아가고 싶네.
- 홍범도가 독자에게 -

이동순 지음 | 값 14,800원

고대 신화가 아니라 실재했던 한겨레의 국조

나는 단군왕검이다

**서로 잘 어우러져 하나가 되는
홍익인간 공공사회를 일구었노라**

"나는 임금이 되어 우리 겨레를 홍익인간의 삶으로 이끌려 애썼
그러면서도 자연의 원리에서 떠나지 않으려 했다.
융통성을 바탕으로, 공동체를 사안에 따라 매우
유연하고도 능란하게 운영하려고 했다. 반란과 대홍수를
이겨내고 모두 하나가 되는 공공사회를 일구었노라."
- 단군왕검이 독자에게 -

박선식 지음 | 값 14,800원